아프다고 말해도 괜찮아요

'천삼이' 간호사의 병동 일기

아프다고
말해도
괜찮아요

한경미 지음

북레시피

'왜 내가 간호를 맡기만 하면 괜찮았던 환자의 상태가 나빠지거나 임종을 맞게 되는 걸까?' 정말 심각하게 고민하던 적이 있었다. 용하다는 점쟁이를 찾아가서 내가 저승사자를 몰고 다니는 건 아닌지 물어봤다. 빨간 명주실로 만든 부적 목걸이를 365일 매달고 다녔다. 젊은 암환자들을 보면서 나는 내일이 없을 것처럼, 미래를 위한 저축은커녕 춤추고 술마시며 흥청망청 살았다. 제발 건강검진 좀 해보라는 부모님의 성화에도 아랑곳하지 않았다. "암 진단받으려 검사하는 것밖에 더 돼? 난 그냥 즐겁게 살래." 이러면서.

세상사 온갖 힘듦을 나 혼자 아는 듯 잘난 체했다. 책에 나오는 좋은 이야기나 가르침들이 꼴 보기 싫어서 글쓰기는 고사하고 책 자체를 멀리했다.

2017년, 병원 전체가 파업에 들어갔다. 동료들의 고충이 극에 달하여 파업이 충분히 일어날 만했던 상황이었음에도 불구하고 노조원이었던 나는 손가락질받으며 병원에 남아 일했다. 노조가 싫거나 병원이 좋아서, 또는 남아서 일하게 된 동료를 위해서가 아니라 환자를 위한 간호사로서 내 신념을 지켰노라, 스스로에게 주문을 걸었다.

파업 관련 일기는 단 하나도 없을 정도로 파업은 나에게 진절머리 나는 트라우마였다. 파업 직후, 거지 같은 이곳을 떠나버릴 생각으로 밤잠 아껴가며 미국간호사 자격증을 땄는데 막상 기회를 얻고 보니 겁이 났다. 파업 시절의 결단력은 온데간데없이 사라지고 어영부영하는 사이 외과 병동에서 소화기내과 병동으로 부서이동을 하게 되었다.

'우와…… 파업 때 여기서 일하고 있었다면 나는 과연 이들을 위해 헌신할 수 있었을까?' 부서이동 후 제일 처음 든 생각이었다.

알코올 중독 환자와 마약성 진통제 중독 환자에게 휘말리지 않으려 머리를 쥐어짜야 했고, 그럼에도 진단부터 임종까지, 그들의 무너지는 삶을 보며 괴로워했다. 미국 유학을 준비할 새가 없었다. 한 달에 한 번쯤은 꼭 경찰을 불러야 했다. 병원 뒷문을 나서면서 내뱉는 찰진 욕설은 일상이 되었고, 퇴근 후에도 분노가 풀리질 않아서 새벽 4시까지 잠들지 못할 때가 많았다. 마스크 속에서 어찌나 입을 앙다물고 다녔던지 지금도 턱이 불편하다.

　그렇게 나의 모든 에너지를 병원에 탈탈 털려가는 중 다행스럽게도(?) 흥청망청하던 생활을 청산하게 되었다. 밖에 나갈 여분의 에너지가 없었다. 입을 닫고 친구를 멀리하고 요리를 시작했다. 칼을 집어 들어 작살낼 수 있는 건 닥치는 대로 모조리 썰어버리고 초록 식물을 하나둘 사서 머리맡에 둔 채 일기를 쓰기 시작했다.

　일기를 쓰면서 스스로가 우스웠다. 중학교 때 그렇게 쓰기 싫어서 세 컷 만화로 일기를 제출해 진탕 혼났던 내가 서른이 되어 자발적으로 일상을 기록한다는 게. 글을 좀 더 배워보고 싶어서 지역사회의 글쓰기 모임에 가입했다.
　〈옳고 그름은 무엇인가?〉 어느 날의 토론 주제였다.

"옳고 그름의 기준은 굉장히 1인칭적이에요. 내 위주라는 거죠. 상대방이 그런 언행을 한 데에는 지금까지 살아온 그 사람의 환경과 습관, 그 나름의 생각이 깃들어 있었을 거예요. 내가 그 사람이 되어보지 않고 또 그 입장이 되어보지 않고서 나의 생각으로 상대방의 전체를 판단한다는 건 섣불러요. 환자들에 대해서도 마찬가지예요. 어떻게 저런 쓰레기 같은 행동을 할 수 있지 하다가도 입장 바꿔 생각해보면…… 내가 저 사람처럼 병들어서 세상을 잃은 기분이라면요? 충분히 그럴 수 있어요. 더한 짓도 할 수 있어요."

나는 그때 왜 그랬을까.
나를 쳐다보는 저 사람의 마음은 어땠을까.
저 사람은 왜 저럴까. 내가 저 사람이라면 어떨까.
내가 저 사람이라면 충분히 그럴 수 있겠다.
더한 짓도 하겠다.

이 일기는…… 생각이 많아서 상대방의 질문에 대답을 제대로 하지 못했던 내가 집으로 돌아가서야 풀어놓는 대답, 간호사로서 철없었던 행동을 되돌아보고 쓴 반성문, 몇 년 동안 묵힌 응어리에 대해 속죄하는 고해성사이다. 그리고 제 집도 아닌 쪽방 같은 낯선 병실에서 고군분투하는 사람들의 이야기, 그 속에서 무너지지 않으려 애쓰는 우리들의 모습, 힘들었던 만큼 더 활짝 웃을 수 있는 얼굴들을 직접 마주하고 써 내려간 기록이다.

차
례

프롤로그 — 5

마음의 영양제 어떠세요? — 12

그렇게 얘기해주셔서 제가 더 고맙습니다 — 84

아무도 안 겪어봐서 그래요, 미안해요 — 156

제가 신규간호사였을 때는요…… — 226

1장

마음의 영양제 어떠세요?

♥ 동료들과

"미운 사람은 일부러 아프게 찌른다던데······."
"어떠세요, 환자분? 제가 환자분을 미워하던가요?"
"어우, 저를 사랑하시는 줄 알았어요."

2016년 9월 19일

백발 아저씨는 그해 초 수술을 받고 입원을 자주 하셨다.
입원 명단에 그 아저씨가 있으면 꼭 경치 좋은 창가 자릴
마련해놓았다.

마지막 입원 때는 재원 기간이 계속 길어지는 와중에도
항암이 쓸모없을 거라는 의사 소견에도
"아무것도 안 되는데 항암이라도 해야지!" 하셨다.

정말 오랜만에 아저씨를 보던 날,
백발 아저씨는 눈을 반쯤 뜬 채로
가래 그르렁거리는 소리를 내며 누워 계셨다.

순간 정신이 드셨는지 간호사 옷자락을 붙잡고
당신을 좀 죽여달라 하셨다.

아니면 제발 퇴원이라도 시켜달라 하셨다.
집에서 죽고 싶다. 자살이라도 할 테다.
아저씨의 애원에 아무도 퇴원을 시켜주지 않았다.

마지막을 집에서 보내고 싶으셨을 텐데,
백발 아저씨는 결국 그 좁은 침대에서 환자복을 입은 채
눈 감았다.

2016년 10월 4일

초록색 위액이 아저씨의 피부를 뚫고 밖으로 새어 나온다.

아저씨는 방전되고 있다. 그런데 충전을 할 수 없다.

기계가 이제 멈출 준비를 하는가 보다.

할아버지 혈압이 점점 떨어지기 시작했다.
"환자분 혈압이 떨어지고 있어요."
가족들은 그게 임종이 임박한 사인인 줄 모른다.
"아— 그런가요? 그래서요?"
나는 아들을 복도로 데리고 나와 단호하게 말한다.
"할아버지가 곧 가실 것 같으니, 마음의 준비를 하시고,
할머니를 불러와주세요."

그 말을 한 지 30분 만에 할아버지가 돌아가셨다.
다리가 불편한 할머니는 미처 도착하지 못했다.

팔십 평생을 같이 살아왔는데 마지막으로
손 한번 잡아보고 얼굴 한번 쓰다듬어주면서
잘 살았소. 수고했소. 한마디 해주고 싶지 않았을까.

18

나는 할머니를 왜 좀 더 일찍 부르지 못했을까.

나는 죄책감에 할아버지 임종 다음 날 급하게
치앙마이로 도망쳤다.

격리환자들의 정서적인 고립감을 줄여주기 위해 환자들과 병실에서 함께 여가를 즐기는 시간을 가져보았다. '저 골방에서 홀로 얼마나 심심할까'라는 생각에서 시작된 그 작업은 이후 "치료적 레크리에이션"이라는 이름이 붙었다.

막대기를 들고 구슬 붙여야 할 위치를 짚어줘야 했던 시력장애 환자, 소 같은 눈으로 눈물을 흘리면서 조금 더 함께 있어달라고 요청했던 환자, 말동무 없이 격리되어 있다가 대화하는 첫날 북받친 감정에 한 시간 내도록 울었던 환자.

레크리에이션을 하는 동안 간호사들은 환자들을 '해야 할 일거리'보다는 '가까운 이웃'으로 생각하게 되었다고 믿고 싶다. 그때 받았던 편지들을 다시 펼쳐보니 괜히 눈물이 난다.

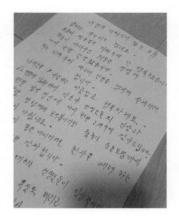

내 생애 지워지지 않는 8월.
올해는 유난히도 덥네요.
8월의 찜통 같은 더위 속에 난
행복했습니다. 나는 이제부터
제2의 인생을 멋지게 설계하려
합니다. 나 자신을 사랑하면서
아름답고 행복하게요.

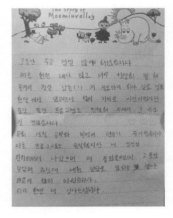

그동안 수고 정말 많이 하셨습니다.
짜증 한번 내지 않고 너무 친절히
잘해주셔서 정말 감동이었습니다.
저 정도까지 하나 싶을 정도로요.
한 달 이상 있으면서 많이
지겨운 시간이었지만 중간중간
프로그램도 진행해주셔서 그 시간
잘 견뎠습니다.

6인실이었다.
아빠가 살뜰하게 보살피던 아기가 죽었다.

맞은편 침상에서 천장에 틀니를 손수 매달며
"퇴원할 때 이걸 다시 하겠노라" 다짐하던 할아버지는
아기 침대가 비워지자 희망을 잃고 걸어 다니길 거부했다.
할아버지도 며칠 뒤 돌아가셨다.

같은 병실의 또 다른 환자는 내일 다가올 수술이 무서웠고,
수술할 바에야 죽음을 택하겠다며 병실에서 목을 매달았다.

죽음이 죽음을 부르고
죽음이 죽음을 따라갔다.

검은손이 뻗어 나와 뿌리를 내리고
블랙홀처럼 우리네를 빨아들였다.
복닥거렸던 5호실은 일주일 만에 초토화가 되었다.

환자들은 뻑하면 '죽여버리겠다, 죽는다' 소릴 한다.

누구 걸리기만 해봐, 내 가만히 안 있을 거야.
한판 붙을 거야.

"환자분, 몸무게 40도 안 되어 보이는데
저랑 붙어봐야 쨉도 안 될 거 같은데요?"

내가 금식을 열흘 넘게 하고 있는데!
다 죽여버릴 거야! 교수 오라고 해!

"환자분, 교수님 배 봤죠?
배치기 한 방이면 환자분 날아갈 텐데요?
누가 누굴 죽인다고요?"

그제야 병실이 떠나가게 웃으며 환자가 하는 말.

"간호사요, 니 이름 뭔데요?"

2016년 12월 22일

우리 할머니는 머리 수술 후 허언증이 심해졌다.
"미야! 내가 자두를 요─맨치 샀는데 8만 원이라 카더라."

"할무니, 뻥치지 마라, 그기 소고기가?
그게 무신 8만 원 하노?"

할머니가 눈을 동그랗게 뜨고 손사래를 친다.
"미야, 야야~ 자두가 있다 아이가?
복숭맨치 크더라. 그래 칸다. 자두가 요새."

2016년 12월 24일

"이 병원은 크리스마스 행사 없어요?"

"제가 일해요. 그게 행사예요."

전이된 암 때문에 여러 번 수술을 해야 했던 아내에게
남편은 뭐든지 해주고 싶었다.
몸무게가 점점 줄어들고 30킬로대로 접어들 즈음,
"아~ 폴라포를 입에 넣어서 아그작 아그작
씹어 먹으면 소원이 없겠다~" 아내가 말한다.

그 말에 아저씨는 온 마트를 뒤지고 다녔지만
저녁이 되도록 폴라포를 찾지 못해서 아쉬운 대로
설레임 한 박스를 사들고 돌아왔다.
덕분에, 우리는 그날 설레임 파티를 했다.

입원 기간이 길어지면서 크리스마스와 연말이 다가왔고,
연휴임에도 퇴원은 못 할 거라는 의사의 말에 아내는
다시 시무룩해졌다.

나는 편의점에 갈 때마다 폴라포가 있는지 냉동고에
머리를 박으며 뒤졌고 며칠 뒤진 끝에 드디어 찾았다.
폴라포 세 개!! (세 개 중 하나는 내가 먹었다.)

나는 폴라포를 검은 비닐봉지에 담고 아이스크림이
녹을세라 입김을 휘날리며 병원으로 뛰어갔다.

오늘은 크리스마스다.

2017년 3월 7일

한때 남아공 친구한테서 영어 과외를 받았었다.
그 친구는 내게 자주 이런 말을 했다.
"내가 보기에 너는 충분히 잘 살고 있는데 왜 스트레스
받아가며 자기계발에 힘을 들이는지 잘 모르겠어.
나는 지나가는 기린만 봐도 너무 행복한데!"

나는 그날 대꾸를 못 했고,
몇 년이 지나도록 그 문제는 풀리지 않았다.
분명, 행복하게 살고 싶어서 시작한 일이었을 텐데
문득문득 내 안의 질문이 나를 괴롭혔다.

무얼 위해 이러고 있는 거지?
이게 다 무슨 소용이지?
무슨 의미가 있는 거지?

30

그렇게 쥐어짜지 않아도 사는 데 충분하다는 건 안다.

오늘도 일을 마치고 공복에 운동하다가 뒤로 나자빠질 뻔했다.

잘 모르겠다.

나는 사람을 대할 때 별로 거리낌이 없다.
할머니는 나랑 노는 걸 재미있어하고
엄마가 해외여행 가면 동네 아줌마들이 심심하다고
나한테 연락하고, 카톡하고 지내는 스님이 있고
나 혼자 학교 가서 교수님들이랑 막걸리를 마시고…….

처음 만나는 사람도 어색하지 않고
사람이 싫다고 느껴본 적도 없었는데
요즘 들어 싫은 사람이 생긴다.

그러면서 사람을 대하고 먼저 연락하는 게
망설여지는 순간이 많아졌다. '나도 다른 사람에게
부담스럽고 귀찮은 사람이지 않을까?'
제 발 저리나 보다.

2017년 3월 9일

그 1인실은 너무 스트레스였다.

문 앞에 서면 환자의 흐느끼는 소리에 한숨부터 났다. 문고리를 잡으면서 '오늘은 어떤 이야기를 해드려야 마음이 풀리실까.' 생각했다. 우선 머릿속으로 해야 할 말을 세팅해놓은 뒤 '후아' 심호흡 한번 하고 문을 열고 들어갔다. 어두컴컴한 병실의 불부터 딸깍 밝히고, 무릎 꿇어 30대 중반 유방암 환자의 손을 잡고 부정적인 모든 질문에 모두 긍정적으로 답했다. 내 대답의 사실 여부를 떠나서, 일단 밝게 이야기했다.

"왜 수술을 해놓고! 이걸 또 수술한단 말이야! 뭐가 잘못되어도 단단히 잘못된 거 아냐?" 울부짖으면, "이건 수술이 아니에요~ 소독하는 거예요~ 감염되지 않게 드레싱을 좀 더 제대로 하려고 수술방에서 하는 거예요. 그럼 더 깨끗하게 할 수 있잖아요. 별거 아니에요!" 그렇게 대답했다. 사실은 수술 부위가 썩어서 재수술하는 거였는데도 말이다.

진단부터 수술까지 불과 일주일 남짓, 울고 짜증 내고 정신 과적으로 이상하지 않은 게 더 이상한 상태였다. 환자의 그런 행동은 당연한 거였고 나는 그분이 이 시기를 아무 일 없었다는 듯 지나쳤으면 했다. 요구사항이 바뀔 때마다 복도 제일 끝방을 향해 쉴 새 없이 뛰어다녔다. 어떤 말도 안 되는 질문과 요구를 나는 다 들어주었고 내가 거의 녹다운이 될 즈음 그 환자가 퇴원을 했다.

퇴원하는 날, 나는 손을 내밀어서 악수하자 했다.
환자는 악수가 싫다 했다.
"우리 허그 한번 해요. 저 한 번만 안아주세요."

나는 나를 너무 힘들게 했던 그분을 안았다.

몇 개월 뒤, 그분이 찾아왔다.
우는 얼굴이 아닌, 싱글벙글 표정이었다.

"저 오늘 항암 6차예요! 가발도 맞췄어요! 항암 치료 올 때마다 선생님이 여기 있나 싶어서 6층 한 바퀴 돌고 가요! 선생님 머리 자르셨네요! 단발머리 너무 잘 어울린다!"

90이 다 되어가는 할아버지는 병동에서 제일 초롱초롱했다. DNR+ 동의서에 사인했던 할아버지는 타 병원에서 몇 번의 수술로 몸이 이미 엉망진창인 상태였다. 온갖 튜브가 배에 꽂혀 있었고 또 그 튜브들을 연명시키기 위해 온갖 기계가 들러붙어야 했다. 그 몸으로 중환자실을 들락날락했는데도 할아버지는 지친 기색 없이 몇 개월째 초롱초롱한 눈으로 내내 천장만 쳐다봤다.

한 손에는 효자손을 쥐고, 한 손에는 시계를 차고서 가려운 곳이 있으면 효자손을 움직이고 가려운 곳이 없으면 시계를 '척' 하고 확인했다. (근육이 다 빠져서 헐거워진 시계를 보기 위해 팔

+DNR: Do Not Resuscitation(저를 소생시키지 마세요). 가망이 없는 환자에게 적극적인 치료가 의미 없을 때 설명하고 사인을 받는다.

뚝을 열심히 흔들어야 했다.) '죽을 수도 있다'는 경고를 무시한 채 마지막 수술을 들어가던 날 '잠든 채로 수술대 위에서 돌아가시는 게 할아버지한테는 오히려 호상이겠다'고 생각했다.

마지막 수술 날이 제삿날이 될 거라는 그날을 넘기고, 꽤 오랫동안 초롱초롱한 눈으로 천장을 바라보던 할아버지는 어제 처음으로 휠체어를 타고 스스로 턱받이를 두른 채 죽 싱거우니까 간장 내놓으라고 소리 질렀다. 할아버지의 쩌렁쩌렁한 호통에 간호사들은 박수 치고 엄지를 세우고 난리를 피웠다.

몇 개월 동안 아무것도 없는 천장만 쳐다보다가 일어나서 오랜만에 앞을, 그리고 멀—리 보는 느낌은 어땠을까.

초롱초롱한 눈을 가져야겠다.

폴라포를 먹지 못해서 우울했던 말기 환자에게,

그걸 찾지 못해서 설레임 한 박스를 사왔던 남편에게,

편의점에서 우연히 찾은 폴라포 두 개를 가져다드린 적이 있다.

크리스마스 선물로. 퇴원하는 날 그분이 그랬다.

병원에서 인간적인 간호사를 만나 너무 좋았다고.

오늘, 그 환자를 다시 만났다.

엉망이 된 모습으로 남편과 복도를 걷고 있었다.

머리는 산발이었고, 코에는 튜브가 삽입되어 있었다.

환자는 나를 보고 창피해하며 눈도 마주치지 못했다.

환자와 그런 정을 나누지 않았더라면 환자가 어떤 몰골로

지나가든 신경 쓰지 않았을 테고, 환자도 자신의 헝클어진

모습을 보여준 데 대해 창피해하지 않았을 텐데.

나는 그분을 보고 울컥함에 일이 손에 잡히질 않았는데
그분은 나를 보고 오늘 하루가 어땠을까.

폴라포를 비닐봉지에 넣어 병원으로 뛰어가던 날이
생각난다.

2017년 3월 23일

주삿바늘을 찌르려는데 유방암 환자가
눈을 질끈 감고 팔을 달달 떨었다.
"미운 사람은 일부러 아프게 찌른다던데······."

바늘을 찌르고 나서
"어떠세요, 환자분? 제가 환자분을 미워하던가요?"
그랬더니 환자가 이랬다.

"어우, 저를 사랑하시는 줄 알았어요."

2017년 3월 26일

자존감이 낮은 사람은 남보다 내가 낫다고 여길 때
안정감을 느낀다.

그래서 별거 아닌 일로 너를 어떻게 만들겠다느니,
네가 주눅 든 모습을 보고
네가 울며 무너지는 모습을 봐야,
아 해냈다,
내가 너보다 낫구나,
내가 너보다 위구나,
우월감을 통해서 안정감을 얻는다.

룸메이트가 울고 있다.
저기도 자존감 낮은 사람 천지인가 보다.
배워도 배우지 못한 사람들이 너무 많다.

바늘 무서워서 손 떨던 환자가 최근 들어
모든 간호사에게 계급을 붙인다.
"중대장님! 이 케이크 가져가서 드세요."

"에이~ 김영란법 때문에 이런 거 못 받아요.
같은 방 환자분들이랑 노나드세요.
마음만 감사하게 받을게요."

간호사실에 가니 그 케이크가 놓여 있었다.
나는 바로 병실로 달려갔다.

"아니~ 환자분~ 누가 버리고 갔는지는 모르겠는데~
케이크가 있길래 먹어봤더니~ 세상에!
진짜 너무 맛있었어요. 짱!"

나는 그분의 담당 간호사가 아니었다.
처음 보는 그 환자가 5분마다 나와서,

"내 너무 불안한데…… 나 내일 죽을 거 같은데."

"내 수술하고 한 달 뒤 일하러 갈 수 있나?"

"아무래도 내일 죽는 날 같은데……."

나는 심호흡을 한번 하고,
"에헤이, 환자분, 안 죽으려고 내일 수술하는 거 아닙니까.
병실 이름표 한번 같이 볼까예?
환자분 빼고 전부 다 80 넘은 할배들이지예?
환자분 지금 65살! 지금 여기서 막냅니다.

80 넘은 할배들도 수술하고 일어나서 걸어댕기는데,
할 수 있습니다! 못 일어난다 카면 제가
환자분 붙들고서라도 일으켜 세웁니다.
일은 그거, 그때 가서 생각하세요.
지금 미리 걱정한다고 해서 해결 안 됩니다.
제 말 따라합니다. 나는 할 수 있다! 파이팅!"

그날이 지나고 나는 그 환자를 새카맣게 잊어버렸다.
그리고 며칠 뒤 어떤 환자가 수술 후 중환자실에서
우리 병동으로 올라왔는데 다짜고짜 나를 보고는
쌍따봉을 치켜올렸다.

"간호사야, 내 해냈다!"

병실에 가족들이 가득했다.
환자가 다짜고짜 나를 화장실로 데리고 간다.

"저 암인 거 아무도 몰라요.
우리 친정엄마도 담석 수술하러 서울 간 상태라서
저는 말도 못 꺼내요. 우리 엄마가 85세거든요……."

"환자분, 담석 수술 간단하고요,
나이 85인들 그건 그쪽 병원에서 다 알아서 할 거예요.
엄마 걱정은 다른 사람이 다 알아서 해주니까
쓸데없는 걱정일랑 말고 본인 챙기세요. 오케이?"

"그렇게 이야기해줘서 너무 고마워요."

그렇게 우리는 화장실 안에서 손을 맞잡고
'수술 전 주의사항'에 대해 맹세하듯 이야기했다.

2017년 4월 28일

시간이 지나면 괜찮아질 거 아는데,
지금 당장 기분이 별로인 건 어쩔 수 없다.

어쩔 수 없다.
시간이 지나면 괜찮아진다.

2017년 5월 15일

환자가 모르핀을 맞은 채 날 찾아 6층을 방문했다.
"얼마 남지 않아서" 보고 싶어 왔다고 말하며.
별수 있겠냐는 듯 슬픈 눈으로 내 손을 한참 잡았다.

얼마 남지 않은 걸 알고 정리해야 하는 기분은 어떨까.

오늘은 눈을 뜰 수 있을까?
그냥 차라리 편하게 마감했으면 좋겠다.
그러나 막상 그런 순간이 오면······
그래도 조금만 더 살아보자.

온종일 할 일이라곤 없는 병원에서 얼마나 오만 가지
생각이 다 들까. 옆자리 침대가 비워지는 걸 보며
무슨 생각을 할까. 뜬금없이 너무 슬프다.

영양제를 이미 맞고 있는데,

"더 좋은, 최고로 좋은 영양제 주시면 안 되나요?"

"아니~ 왜~ 알면서 안 주는 거예요?"

"간호사니까 이것보다 더 좋은 영양제 알 거 아니에요?"

계속되는 보호자의 요구에

"마음의 영양제 어떠세요?" 했더니

보호자가 한방에 시무룩해졌다.

"맞는 말씀이네요……."

대화를 듣고 있던 다른 간호사가

"선생님 약 파세요?"

2017년 7월 18일

간이 망가져버린 알코올 중독자 엄마는 자식에게 간을
받았다. 혈육의 간을 받은 엄마는 술을 끊지 못했다.
술은 아줌마의 삶을 지속시키는 유일한 벗이었다.

부부 싸움은 계속되고 친구는 없었고, 두 달에 한 번씩
아줌마는 꼬박꼬박 응급실을 걸어 들어와서 입원했다.

꼭 두 달에 한 번씩 입원을 했다.
와서는 이 환자 저 환자 다 보살펴주고
간호사들 옷매무새 만져주느라 바빴다.

퇴원을 하고 두 달 만에 술 먹고 응급실을 또 왔다.
이번엔 정신과 치료를 받아야 한단다.
창살이 있는 폐쇄 병동에 입원해야 한단다.

폐쇄 병동 입원동의와 필요시 강박을 당할 수도 있다는
동의서에 사인을 하고 아줌마는 복도에 서서 울었다.

오토바이 음주 운전하다가 전봇대와 뽀뽀한 열일곱 살.
온몸 문신에 앞니 하나 빠져가지고는
"누나, 목에 있는 이거 빼면 많이 아파요?"
"아파요?"
"진—짜 솔직하게, 아파요?"

나는 한참 뜸을 들이다가
"억수로 아플긴데."

"헐?"
"누나! 누나!"
환자의 부름에 나는 대꾸 없이 그대로 퇴근을 했다.

"누나!!"

커튼을 열었더니,
작년에 돌아가신 분의 보호자가 누워 계셨다.

불이 꺼져서 껌껌했는데도 서로를 알아볼 수 있을 정도로
그녀의 남편은 장기입원 환자였다.

아저씨는 처음부터 마지막까지 늘 1인실에 가족과 함께
있었는데, 아줌마는 홀로 6인실 가운뎃자리에서
잠 못 이루며 내 손을 잡아주었다.

"더 예뻐지셨네요."

2017년 9월 6일

"아…… 담배 피우고 싶다."

환자분, 거울 좀 보세요.
'담배 피우면 저처럼 됩니다~'같이 생기셨는데
담배 물고 우리 광고 하나 찍으실래요?

"돈 주나?"

어우 그럼요.
제가 브로컨데요.

2017년 9월 7일

1. 피 토하고 의식 없고 혈압 떨어지고

2. 응급 피검사 9명

3. 기송관⁺에서 환자 검체 분실되고

4. 아침 식전 인슐린 기다리는 4명

5. 그 와중에 알코올 중독 딸내미 똥 기저귀 당장
   갈아달라고 소리 지르는 보호자

손이 부족한데 일은 동시다발로 터진다.

이런 날은 손이 달달 떨려서 피검사도 잘 안 된다.

옷 안은 땀범벅인데 내가 힘들어도 속내가 보이지 않으니

환자들은 알 리 없다. 아무 일 없다는 듯이 마음을

✚ 기송관(Air Shooter): 공기압을 이용하여 자동으로 물품(검체, 약품,
　　　　　　　　　 환자차트 등)을 운송하는 기계.

가다듬고 세상 인자한 얼굴을 장착하고 말을 건넨다.
"피검사 다 했으니 아침 식사 전까지 눈 좀 더 붙이세요."

"경미 샘이 있어서 안심된다."
1번 보호자의 그 한마디로 보상되는 하루다.

"어후, 보호자분, 우리가 서로 이름 알고
그런 사이가 되면 안 되는데. 그죠?"

2017년 10년 4일

어머니, 음……
마음의 준비를 하셔야 할 것 같아요.

괜찮아요.
늘 하고 있어요.

2017년 10월 5일

임종을 앞둔 환자의 혈압이 떨어지는 걸 보고
할머니를 불렀지만 걸음이 불편한 할머니는
할아버지 가시는 길, 손을 잡아주지 못했다.
조금만 더 빨리 이야기했더라면 팔십 평생을 함께한
당신에게 "수고했다" 말 한마디 전할 수 있었을 텐데
그렇게 빨리 가실 줄 몰랐다. 1년 전 일이다.
그때 나는 죄책감에 치앙마이로 도망쳤었다.

오늘, 병실 문을 열었더니 신규 때부터 봐왔던 환자가
눈을 반쯤 뜨고, 입을 벌리고, 숨을 몰아쉬고 있다.
나는 아줌마 손을 잡고, 이제 곧 혈압이 떨어질 것 같으니
가족들을 부르자고 했다. 마음의 준비를 하자 했다.

아줌마는 나를 보고 조용히 웃어주었다.

2017년 10월 23일

여행을 하면 새로운 것을 보게 되고
이해하게 되고 생각이 넓어진다고 한다.

나는 이번 여행에서 하루를 가득 채우기 위해 쉴 새 없이
돌아다니며 지금 눈앞에 보이는 것에만 집중하고,
저녁에는 아픈 다리에 집중하고,
그러다가 생각할 겨를도 없이 곯아떨어지고……
여행이 아니라면 혼자 내내 골방에 앉아서
쓸데없는 생각만 했을 시간이다.

생각하기 위한 여행.
생각하지 않기 위한 여행.

2017년 11월 9일

어릴 때는 어리다는 이유로 딸의 역할도 딱히
기대감 없었고, 그저 공부만 하면 되는 학생이었다.

그런데 어느 순간 정신을 차려보니

1. 딸

2. 가장

3. 환자의 간호사

4. 병원의 직장인

5. 또 누군가의 무엇

......

10. ○○이 되고 있다.

요새 눈밑이 덜덜덜 떨린다.

대장암이 꽤 진행되어서
수술은 안 되고 당장 항암부터 해야 했다.

아내가 커튼을 치고 남편 앞에서 울고 있는데
일곱 살 난 아들이 들어와 엄마를 안아줬다.

"엄마, 울지 마요. 아빠가 나빠서 아픈 게 아니에요."

2017년 11월 15일

개는 '누구든 날 이해해줄 거야'가 아니라
'내 상황이 이러니 모두가 날 이해해줘야 해'일걸?
소리 높여가며, 침 튀기며 욕했었다.

오늘 갑자기 소름이 확 돋았다.

'내가 세상 제일 힘든 사람이고,
그러니 남들이 나를 이해해줘야 한다.'
이렇게 생각하며 행동하는 거, 그거 난데?

2017년 11월 18일

1인실 문을 열고 들어갔더니 훤하게 큰 방에서 할머니 혼자 울고 있었다. 한 손에는 폴더 전화기를 들고 한 손에는 꾸깃 꾸깃한 옛날 전화번호부를 쥔 채 눈에서는 닭똥 같은 눈물을 흘리고 있었다. "동네 사람들에게 전화를 돌리는 중"이라 했다.

"내가 내일 수술을 한다는데 이봐라, 자식놈들이라고는 즈그 맘 편할라꼬 내를 갖다가 이 큰 감옥에 집어 쳐 가둬놓고 즈그들은 가뻿다 아이가. 내일 수술하고 간병사 필요할 것 같은데…… 내는 돈도 없다. 딸년이 세금 덜 떼일라고 지 땅을 갖다가 내 앞으로 해놔서 내는 나라에서 돈도 안 나온다. 자식들한테 눈치가 보여가 동네 할매들한테 내 간병 해줄 수 있는가 부탁할라꼬 전화 돌린다 아이가!! 야야 간호사야, 니한테 화내는 거 아니다. 내가 너무 서러워서 그렇다."

할머니는 내 손을 잡고 엉엉 울었다. 할머니 말을 한참 듣고서 "제가 다 알아서 할게요. 저만 믿어요. 간병비는 딸내미가 내야죠. 제가 딸한테 '니가 내세요~'라고 이야기해줄게요. 그리고, 6인실로 가입시다." 했다.

가족들과 이야기해서 할머니를 제일 복작복작한 아줌마들이 있는 방으로 옮겨드렸다. 그 뒤로 할머니 기분이 어땠는지는 기억나지 않는다.

2017년 11월 19일

노부부의 집은 울산이 아니다.
아들내미가 여기 살아서 병 고치러 울산에 왔다고 했다.

검사를 해보니, 할아버지는 암이 꽤 진행되어 수술을
할 수 없는 상황이었고 항암 병동으로 가야 한단다.

믿고 왔던, 울산에 산다던 잘난 아들은 오지 않았고,
노부부는 아는 사람 하나 없이 쓸쓸한 병원 생활을 했다.
의사가 무슨 말을 해도 도통 알아들을 수가 없었다.

할아버지를 항암 병동으로 보낸 며칠 뒤,
김밥을 사러 갔다가 그 집 할머니와 마주쳤다.
할머니는 나를 보더니 김밥을 내려놓고
내 손을 붙잡으며 울었다.

낯설고, 외롭고, 내 집도 아닌데 내 집처럼 지내야 하는
쪽방같이 좁은 6인실에서, 살이 올라 푸근한 내 얼굴이
친숙해 보였나 보다.

아무것도 모르는 할머니가 여기 김밥집까지 얼마나
헤매며 찾아왔을까 생각하니 마음이 아팠다.

다음 날, 처음으로 나는 환자의 병문안을 갔다.

의사는 빨리 결정해야 한다고 매일 이야기했다.
노랑머리 아줌마는 내 발이 다시 살아날 것 같다,
희망을 가지고 싶다고 답했다.

결국 발은 썩고 썩어 들어가서 '톡' 치면 '탁' 하고
떨어질 것처럼 석탄같이 시커메졌다.

처음엔 발등만 내어주면 될걸,
무릎 아래까지 절단했다.

더 나은 나중이 있을까 고민하다가.

2017년 11월 24일

"지금 여기 말고 서울로 가는 게 잘하는 선택이겠지?"

무조건 잘한 거죠.
지금 이 선택은 나중에 '아, 서울 가서 치료해볼걸.'
후회하지 않기 위해 하는 선택이잖아요.
여기서 치료하겠다고 마음먹으셔도,
거기 가겠다고 결정하셔도, 환자분이 무얼 선택하든
그게 제일 최고의 선택이에요.
나중 일은, 그냥 그때 가서 생각해요.

전원 준비 빠삭하게 해드릴게요.

2017년 11월 28일

언제 퇴근하는교?

오늘 밤에도 일하나?

언제 출근하는데? 몇 시에?

음…… 나 내일 수술하는데

내 한번 보러 와주면 안 되겠나?

가겠다고 약속해놓고 사실 까먹었다.

일하다가 12시쯤 갑자기 생각나서 병실을 들렀더니,

컴컴한 병실에서 취침등이 켜진 침대 하나가

나를 기다리고 있었다.

눈은 감은 채 끙끙 앓는 손을 잡았더니

할아버지가 손바닥을 올려 내밀었다.

"짝!" (하이파이브)

2017년 12월 2일

대학원 면접을 보러 갔다.

"미국간호사 자격증도 있고, 토플 점수도 있고……
해놓으신 게 많은데, 최종 목표가 뭐예요?"

저는 목표가 없어요.
쥐고 있는 게 많으면 언젠가 기회가 찾아오고
자연스럽게 길이 열릴 거라고 생각하거든요.
목표는 너무 이상적이잖아요.
무언가를 정해놓고 그거 하나만 보고 달려오다가
막상 목표를 달성하고 나면 실망할 수도 있을 거예요.
간호사라는 직업이 그랬어요. 어렸을 적 꿈이었거든요.
그래서 앞으로는 뭘 좀 많이 쥐고 있으려 합니다.
실망하지 않으려고요.

"할배요. 그래 누워 있지 말고, 어잉?
손도 이래~ 이래~ 꼼지락거리고
다리도 들었다~ 놨다~ 하고
운동 좀 해야 퍼뜩 일어날 거 아인가배."

"맞지요~?"

허리가 굽어 나보다 작은 할머니가 보호자 침대에
쭈그리고 앉아서 나를 올려다보며 물었다.

"맞지요? 맞다 해주소!"

74

장루⁺로 변을 내어놓던 대장암 3기 환자는 온몸 문신에 빡빡 머리 룸메이트한테 기 한번 펴보지 못하고 자기편 들어줄 드센 간호사만 줄곧 기다렸다. 그렇게 커튼 치고 꼭꼭 숨어서 벌벌 떨며 계시더니 책 한 권 완파하고 퇴원 날 그 책을 나에게 주었다. 『여왕의 시대』.

책 표지를 넘겨보니 1페이지에 환자의 다짐이 적혀 있었다. *목표, 완치, 재발 방지, 여왕의 시대*

그 책을 너무 읽기 싫어서 방치했다. 첫 장에 적혀 있던 '목표: 완치'를 보는 게 싫었다. 이미 림프절 전이된 환자가 완치의 희망을 품는 게 싫었고 그 희망이 나중에 절망이 될까 봐

+ 장루: 인공 항문. 대장암 수술 후 일시적으로 인공 항문을 만들었다가 경우에 따라 추후 복원 수술이 가능하다.

미리 슬퍼했다. 아저씨는 대변을 배 밖으로 직접 받아내야 하는데도 웃으면서 손을 흔들며 퇴원했다.

뒤늦게 책을 읽기 시작했는데, 절대 패배자가 되지 않으려 했던 중세시대 여왕들에 대한 내용이었다. 아저씨는 이 책을 읽으면서 어떤 생각을 했을까. 어떤 다짐을 했을까. 몇 달 뒤, 아저씨는 집에서 무얼 드셨는지 의심스러울 만큼 포동포동 살이 오른 모습으로 함박웃음을 지으며 나타났다. "장루를 배 안에 도로 집어넣으러 왔어."

싱글벙글 웃고 있는 아저씨를 똥통에 빠진 완전한 패배자로 눌러 짓밟았던 내가 부끄러웠다. 나는 책을 다시 펼쳤지만 아저씨가 퇴원한 지 몇 년이 지났는데도 아직 다 읽지 못하고 있다. 사실 너무 재미가 없었다.

"내가 암인데, 저런 사람은 1인실 가야지."

걸어 다니는 암 환자가 뇌졸중으로 평생 누워서
기저귀를 차야 하는 반신불구 환자를 쳐다보며 말했다.
뇌졸중 엄마를 둔 딸은 서러워서 엉엉 울었고,
암 환자는 당당했다. 왜냐하면 자기는 '암'이니까.

'암'이 옆 사람을 찌르는 무기가 되었다가
비난의 눈초리가 쏠려오면 방패막이도 되고 그런다.

'암'이 아무 말 프리패스 자격증인가 보다.
'암'이 잘못된 언행의 면죄부라도 되나 보다.

내가 뱉은 말을 내가 듣게 되는 날이 오기 마련인데,

이렇게 이야기했으면 난 오늘 뺨 맞았겠지.

그렇게 불편하시면 귀마개를 가져다드리겠다,
본인은 제일 넓은 창가 자리를 차지해놓고
병실 내에서 그런 말씀 하시면 섭섭하다,

이런 식으로 나름 소소하게 대적했다.

2017년 12월 29일

"저희 아빠가 4기라는데 항암을 받으면 완치되나요?"

나는 고개를 휘휘 저으며 말했다.
"지금 항암은 완치의 개념이 아니라
생명을 좀 더 연장시키는 목적이에요."

항암은 힘들다.
1) 항암을 하는 게 나을까.
2) 항암을 안 하는 게 나을까.
3) 모르는 게 나을까.

셋 다 힘들다. 인생을 세 번 살 수 없으니
보기 셋 중에서 뭐가 더 나은지 아무도 모른다.

힘들지만 그 선택을 존중하고 항암을 받는 동안,
항암을 포기하고 지내는 동안,
마지막 날 마지막 숨을 쉬는 동안,
'그동안'을 어떻게 잘 보내는지는
의료진에게 달려 있다고 생각한다.

5년 전 어떤 가족이, 수명이 한 달 남은 사실을 환자
당사자가 모르게 해달라 부탁했다.

말기 암 환자는 늘 불만이었다.
"치료를 받아도 나는 왜 아파요?"

아무나 붙들고 자기가 아픈 이유를 설명해달라 그러셨다.
그래서 아무도 그 환자에게 말을 걸고 싶어 하지 않았다.

통증 조절이 안 되어 모르핀이 처음 들어가던 그날,
용기 내어 말을 걸었다. "괜찮아요?"

순간, 환자가 눈을 까뒤집으면서 소리 질렀다.
"야! 나랑 몸 바꿔 살아볼래? 너 암 걸리고, 네 몸 나 주라.

괜찮으냐고? 미쳤어? 잔말 필요 없고 몸 바꾸자 우리.
휴…… 담배 피우고 싶으니까 휠체어에 나 옮겨놔."

사과도 없이, 아무 표정도 없이, 부종으로 몸무게
80킬로 육박하는 환자를 휠체어에 옮겨드렸더니
내 손을 잡고 그분이 울기 시작했다.

"죄송합니다. 내가 홧김에 그런 말을 했습니다.
고맙습니다. 죄송합니다. 고맙습니다."

3일 뒤에 그분은 본인이 왜 죽는지도 모르고
끝까지 억울해하다가 가셨다.

웰다잉Well-Dying에 대해 처음으로 고민하게 해준 환자였다.

2장

그렇게 얘기해주서서
제가 더
고맙습니다

"더러운 것 만지게 해서 미안해요."
"그런 마음 가지게 해서 제가 더 미안해요."
우리는 서로 눈 마주치며 웃었고
고개를 들었더니, 커튼이 쳐져 있었다.

2018년 1월 1일

"할무니! 내 미국간호사 자격증 땄다!"

"아이고, 미야, 니는 안되겠다."

"왜?"

"니 코가 미국 코가 아인데?"

2018년 1월 16일

통증에 발버둥을 칠수록 온 침대가 똥 범벅이 되어갔다.
마침 가족들이 면회를 와 있길래……
"한 분은 저랑 같이 할머니를 닦고, 다른 분은 기저귀를
좀 사다주세요."

기척이 없길래 뒤돌아보니 "엄마~엄마~" 하던,
그 많던 보호자가 죄다 없더라.

나 혼자 가운 입고 장갑 끼고 수건 빨아 할머니를 닦았다.
"할머니, 기저귀가 얼매나 무거우면 그거 사러 도대체
몇 명이서 갔데요? 그죠? 일어나거들랑 낸테
사탕 하나만 사주소잉?"

"오야오야. 사주꾸마."

88

2018년 2월 14일

새벽에 피검사를 하려고 취침등을 켰더니 할머니가
눈을 번쩍 뜨고는 놀란 표정으로 내 손을 덥석 잡았다.

"아이고 형님! 형님이 어떻게 여기에……?"
"환자분……? 제가 누구라고요……?"
"형님~ 형님은 늙지도 않으시네요~ 흑흑."

치매 환자의 환대에 피식피식 웃으며 피검사를 하는데
"형님…… 어디서 또 그런 기술을 배워오셔서는…….."

나는 너무 웃겨서 에라 모르겠다,
"그래! 니는 여, 왜 있노?"

"형님~! 아니~ 제가요~ 제 말 좀 들어보소~"

2018년 2월 16일

죽은 환아를 붙들고 아빠는 오열했다.
병동이 떠나가도록 우는 그 소리가 너무 슬펐다.

안타까운 그 모습을 다들 쳐다보길래
나는 모두 병실로 들어가라며 등을 떠밀었다.

나의 재촉에도 못 들은 척, 유방암 환자 한 명이
계속 복도에 서 있다. 죽은 아들을 어루만지는
아빠의 모습을 계속 지켜보고 있다.

그러고는 고개를 돌려 슬픈 눈으로
나를 가만히 쳐다보았다.

"나도, 나중에 저렇게 되겠지?"

슬픔으로 뜨거웠던 그날 밤 아이의 아빠도,
나도, 환자들도, 아무도 잠들지 못했다.

"오늘은 우리의 첫 만남입니다. 종이에 표현하고 싶은
말을 적어서 각자 이야기해주세요."

50대 중반의 격리환자는 '사랑, 소망, 희망'을 적었다.

"저는…… 이제까지 가족을 위해, 딸들을 위해
너무 일만 하고 살다가 이렇게 되었어요.
제 몸을 너무 험하게 굴려서 여기까지 오게 되었어요.
그래서 앞으로는 저 자신을 사랑, 사랑할 거예요."

환자는 첫 번째 단어 '사랑' 한마디 하고
목 놓아 울었다.

2018년 2월 19일

간호사 자살 기사가 화두다. 신규 시절, 나도 그랬고 간호사 친구들도 그랬다. '아, 저 지나가는 차에 치여버렸으면 좋겠다.' 인력은 부족하고, 환자는 많고, 자주 임종을 맞닥뜨려야 하고, 조금의 실수도 용납되지 않는 곳에 내던져진 스물세 살의 나는 너무 어렸다. 어린 여자는 타깃이 되기 딱 좋다. 비난의 화살을 돌리기에 아주 유용하다. 환자와 보호자, 그리고 병원의 고급 인력들, 심지어 같이 일하는 동료들, 그 모—든 사람들이 손가락질하니 나는 스스로를 쓸모없고 '보잘것없는 사람'이라고 정의 내렸다.

늘 간호사만 친절해야 하고, 병원의 직원 대부분이 간호사인데도 우리는 어디서든 대접받지 못한다. 내가 잘못한 게 아닌데도 무조건 잘못했다 했다. '죄송합니다'를 입에 달고 살았다. 누구의 잘잘못을 따지는 일 끝에는 언제나 간호사가

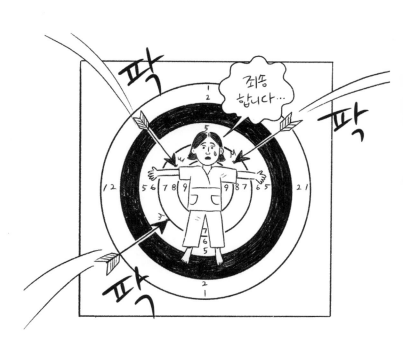

'죄송합니다' 해야 뭐든 해결이 났다.

온 사방에서 짓눌리는 내가 싫었다. 표정은 없고, 죽은 사람처럼 지냈다. 부모님은 걱정으로 매일 전화해서 병원을 당장 그만두라고 했다. 빨래 널다가, 세수하다가, 길을 걷다가 뜬금없이 주저앉아 울던 날이 수도 없이 많았다. 창밖만 바라봐도 눈물이 났다.

지금 7년째. 가끔, 내가 좋은 간호사인가 하다가도 간호사의 자살 기사를 보면 우리는 어떤 집단인가 생각하게 된다. 요즘은 '죄송합니다' 대신 '미안합니다'라고 말하려 노력 중이다. 내가 잘못한 게 아닌데 굳이 나를 낮추어서 죄송할 것 없다. '미안하다'는 '예상치 못한 상황에 네가 곤란하게 되어서 유감스럽다. 하지만 난 잘못 없다'라는 나만의 뉘앙스.

2018년 3월 19일

할머니가 바늘을 또 뺐다.
나는 짜증이 엄청 나 있는 상태였다.

할머니 팔을 붙들고 왜 이랬냐, 하려는데
할매가 오히려 내 팔을 붙들고
"일로 와바라. 여 만져봐라." 하신다.

할매가 한쪽 궁둥이를 들고는
그 빈틈으로 내 손을 집어넣었다.
할머니 궁둥이 덕에 침대가 따뜻했다.

"따숩제? 여 좀 있다 가라. 어잉?"

흐흐흐. 짜증이 녹아버렸다.

2018년 3월 27일

오늘은 병원에서 깡패들한테
호기롭게 소리쳐보았다.

"조용히 하고 욕하지 마세요! 옆에 다른 환자 있잖아요."

요즘은 빈티지가 유행인가 보다.

오래된 것,
나이 든 것들이 예뻐 보인다.
나도 그래야 할 텐데.

2018년 4월 10일

우시는 것보다는요,
손잡아주시면서
지금까지 잘 살아오셨다고
많이 사랑한다고 말해주셔야
편하게 가실 수 있어요.

피를 토하던 엄마는
숨을 몰아쉬다가
천천히 아들을 보았다.

"내 생각 말고 잘 살아."

아들은 오열을 하고
엄마는 눈을 감았다.

2018년 4월 18일

'생이 얼마 남지 않았다.'
그걸 알고 정리해야 하는 마음가짐은 어떠할까.
붙잡고 싶은 사람을 보내야 하는 마음은 어떨까.

1개월 시한부 선고를 받고 늘 바닥만 쳐다보는 환자.

손쓸 수 없다는 남편을 붙잡고 울기만 하는 보호자.

아들 앞에서 피를 게워내던 어머니.

"왜 걷지를 못해!"
할머니의 말기를 부정하고 싶은 할아버지.

—\/\/\— 그렇게 얘기해주셔서 제가 더 고맙습니다

2018년 4월 29일

"이 엘리베이터 내려갑니까?"

아뇨~ 올라갑니다~

"그럼 내려가려면 어떻게 해야 돼요?"

내려가는 거 타시면 됩니다~

"아~! 감사합니다!"

엘리베이터 문이 닫히고 모두가 빵 터졌다.

"질문도 웃기고, 간호사 대답도 웃기고!"

2018년 5월 18일

환자들 일렬로 줄 세워서 얼차려를 하고 싶다.

밥상 엎으며, "난 잡곡밥 안 먹어! 쌀밥 내놔!"
황달로 노란 얼굴이 더 노래져서는,
"똥은 나오는데 방귀가 안 나온다! 어떻게 할 거야?"
초점 없는 눈으로, "수면제를 먹었더니 속이 쓰리다."

마약 중독, 알코올 중독 환자들이 눈 다 풀려서
말도 안 되는 억지로 하루 종일 들들 볶는다.
도대체가 상식이 통하지 않는다.

오늘 몽둥이 쥐고 자야겠다.
말 안 듣는 환자들, 모두 집합이다!
단단히 혼내줘야지. 꿈속에서나마…….

내 병은 고칠 수가 없소.

나는 이제 틀렸나 보오.

죽을 때가 다 되었나 보오.

2018년 6월 12일

"어젯밤에 나를 살려줘서 고맙소."
할아버지가 오래된 흰 봉투를 반으로 접어서
내 주머니에 쑤셔 넣었다. 여섯 자리 우편번호가 찍힌
옛날 봉투 안에는 5만 원이 들어 있었다.

억지로 등 떠밀려 병실을 나왔는데, 6인실 칠순 할배가
무슨 여유가 있어서 나한테 쌈짓돈을 줬을까,
내가 어제 힘든 티를 냈나? 내가 생색을 냈나? 싶다.
안 그랬던 것 같은데 괜히 미안했다.
새벽에 몰래 들어가서 환자 옷장에 봉투를 넣어뒀다.
할아버지는 고개 돌려 나를 보고도 못 본 척했다.
나도 할아버지를 못 본 척, 병실을 나왔다.

한국 남자에게 시집간 딸은
아빠를 한국으로 데려왔고
아빠는 한국말 일절 못한 채
간호사의 모든 질문에
그냥 웃는다.

아무도 모르고
아무것도 모르겠다.

2018년 6월 18일

이게 암이면 어떡하죠?
재발이 되면 어쩌죠?
몇 퍼센트 정도?

음, 제가 저희 엄마한테 늘 하는 이야기가 있는데요,
걱정한다고 해서 결과가 달라지는 게 아니에요.
걱정을 하든 안 하든 일어날 일은 일어나게 되어 있어요.
걱정하고 스트레스 받으면 지금이 짜증 나고 슬플 뿐이지
일이 해결되는 게 아니지요.
나중 일은, 그때 가서 생각해도 늦지 않아요.
우리, 조금만 여유 있게 지내봅시다.

"간호사님, 커피 한잔할래요?"

2018년 6월 20일

내가 해외에 가면
백인들이 "니하오."
중국인이 "니하오."
한국인도 "니하오."

오늘은 기어코 간성혼수**+** 환자에게서 듣는다.
"제발 좀! 가르쳐주세요! 어느 나라 사람입니까??!
이 중국 여자가! 이 쌍년이 미쳤나?
내가 일본 경찰에 신고할 테다. 중국년아."

난 관장 튜브를 있는 힘껏 끝까지 쑤셔 넣었다.

+ 간성혼수: 간 기능 장애가 있는 환자가 의식이 나빠지거나 행동의 변화가
생기는 것을 말한다. 관장을 해주면 의식이 돌아온다(대변으로
암모니아 독성이 배출된다).

2018년 7월 6일

소확행:
일상에서 느낄 수 있는 소소하지만 확실한 행복.

여러분은 언제 소확행을 느끼나요?

"개진상 환자에게 걸맞은 참신하고 찰진 욕이
떠올랐을 때요."

2018년 7월 25일

진정제 폭탄에도 불구하고
알코올 사랑 그녀는 때를 밀러 가겠다며 뛰쳐나갔다.

환자 1은 맨바닥에서 대자로 자고 있고
환자 2는 이빨로 수액 튜브 물어뜯고
환자 3은 때 밀러 가겠다고 뛰어다니고

오늘 나이트도 푸짐했다.

우리는 간호사로서 쓰레기통이 아닐까.

오물을 닦아서 내다 버리고,
가래가 차오르면 켁 하고 뱉어버리고,
지나가다 열 받으면 발로 걷어차도 되는 쓰레기통.

'우리를 사람으로 봐주는 사람이 있을까.'
요새 자꾸 이런 생각이 든다.

예전에는 달리 생각했었다. '그래, 몸이 아프면 마음이
아프니까 그럴 수 있지, 나한테 쏟아낼 수 있지.'

요즘은 쓰레기더미에 사는 기분이다.

동료 간호사가 일을 하다가
갑자기 카트를 놓고 울고 있다.

쓰레기가 가득 찼다.

2018년 8월 9일

"영자야아— 눈 좀 떠보그라. 눈을 좀 떠보라니까?
너가 먼저 가면 남은 나는 어떻게 하니, 응?"

칠순 넘은 할아버지가 다리를 건너는 할머니를 붙들고
똑같은 말을 계속 반복했다.

담당 간호사가 다음 날 고백하길,
"할아버지 말에 울컥하는 제 모습을 발견하고
'아, 나도 아직 마음이 남아 있구나' 하고 느꼈어요."

다행인 건지…….

2018년 8월 22일

환자분, 이 약은 가려울 때 먹는 약이에요.

머라카노!!

지그러블+ 때 먹는다고요.

그래! 그래 이야기해야지.

+ 지그럽다: '가렵다'의 방언.

2018년 10월 28일

네 시간 동안 장례식장 출발이 미뤄졌다.

장례식장 이송직원이 그랬다.

"진짜 유별나네……."

한숨을 내뱉는 이송직원을 달래면서 내 생각을 말했다.

"선생님~ 이제 여기 나가면 얼굴 못 볼 텐데 조금이라도
더 보고 싶지 않겠어요? 저는 이해가 되네요. 허허."

내 마음은 그랬다.

아빠가 이 다리를 건너면 다시는 볼 수 없겠구나,

손을 잡아볼 수 있는 것도 이게 마지막이구나.

네 시간 동안 시간 끌기?

그 사람의 입장에서 생각하면 충분히 그럴 수 있다.

누군가에게는 처음 맞는 순간이고 힘든 순간이고
유별나지 않으면 나중에 죄의식을 가질 수 있는 순간이다.
우리는 임종에 너무 익숙해져서 공감 능력을
잃고 있는지도 모른다.

2018년 10월 29일

쓰레기통이 가득 찼을 때,

1. 쓰레기통 하드를 늘린다.
2. 쓰레기통을 폐기한다.

2018년 10월 30일

청소 아줌마가 환자를 앞에 두고 그랬다.
"여기다 물을 흘리면 어떡해요."

나는 청소 아줌마 뒤통수에 대고(무서워서 대놓고 말 못 함)
"사람이~ 몸이 아프면 물 좀 흘릴 수도 있는 거지~"

장애 환자한테 갔더니 몸에서 꼬랑내가 진동을 한다.
"간병사님, 애기 목욕시켜주는 거 맞아요?"

건강한 몸 가지고 있다고 유세 떠는 건가?
진짜, 다 월급 뺏어야 된다.

알코올 중독자랑 마약 중독자는 입원을 시켜주지 말든가
의료보험에서 제외하든가.

아, 이들을 다음 날 또 봐야 한다니
요새 인간 혐오증이 날로 심해진다.

"환자분, 이거 중독되는 약이에요."
"알아요."
"아는데 그러세요?"

2019년 1월 22일

CPR+ 방송이 울리자 퇴근했던 간호사들이 사복 차림으로
뛰쳐 올라왔다. 다들 같이 퇴근한 게 아니라 각자
다른 길로 가다가 뛰어 올라와 병동에서 만났더랬다.
정작 와서는 서로를 보고 놀란다.

"야, 너 왜 왔어?"
그러고는 사복 차림 그대로 CPR에 임했다.

내가 만약 그 상황이었더라면 그럴 수 있었을까.

반성하게 되는 밤이고,
시험에 들게 하는 퇴근길이다.

+ CPR: Cardiopulmonary Resuscitation. 심폐소생술.

할까 말까 한참 고민하다가 막상 해보면 생각했던 것만큼
또는 걱정했던 것만큼이 아닐 때가 많다.

망설이다 결국 하지 않는다면 '할걸, 해볼걸' 후회하느라
시간 낭비만 하게 될 거야.

해보기라도 하자. 뭐든 해보자.
그래야 다음으로 갈 수 있다.

2019년 2월 7일

엘리베이터 문이 열리고 기름때에 반질해진
외투를 입은 모녀가 탔다.

엄마, 우리가 똑똑하고 더 배웠더라면
아빠가 더 살 수 있었을 것 같아.
다 바보고 아무것도 몰라서 아빠가 그냥 갔나 봐.
자식 중에 누구 하나는 대학이라도 갔어야 했는데……
왜 우리는 이것밖에 안 되는 거고?
뭣도 모르니까 바보천치가 따로 없네.

기름때에 빛나는 오래된 옷 때문에
기억에 더 남는 대화였다.

할매는 며칠 전부터 누워 계시지 못했다.
누워 있으면 숨이 찼다.

오랜만에 찾아온 누군가는
종일 휠체어에 앉아 있는 환자를 보고
산책 가려고 휠체어에 탄 줄 알고 너무 좋아하신다.

그날 밤도 휠체어에 앉아서 꾸벅꾸벅 벽에 머리를
계속 박길래 할매 자리에서 벼개캉 담요캉 꺼내와
벽하고 휠체어 사이에 밀어 끼워드렸다.

퇴근을 하고 다시 출근했더니,
침대가 비워져 있었다.

아침에 갔더니,
할배가 입 벌리고 눈을 위로 치켜뜬 채
힘들게 숨을 쉬고 있었다.

의식 없는 채로 의미 없이 내는 앓는 소리에 할머니는
병실에서 쫓겨날까 무서워 할배 입을 손으로 틀어막았다가
뭐라도 먹으면 나을까 싶어, 숨 쉬려 한껏 크게 벌린 입에
미음을 흘려 넣는다.

저번에도 이러다가 깨어났으니 이번에도 괜찮아질 거다,
말은 그렇게 하지만 눈은 울고 있더라.
"괜찮아질 거야." 하면서 떨리는 손으로
아들에게 전화하더라.

126

2019년 2월 15일

남의 말에 민감했던 나인데, 한때 누가 뭐라 하든
누가 비난하든 귀담아듣지 않던 때가 있었다.

'제까짓 게, 나에 대해 무얼 안다고.'

서로가, 서로가 되어보지 않았기 때문에
비난할 자격은 없다. 나도 없고, 그들도 없다.

그럴 만한 이유가 있었겠지, 이해하고 싶진 않더라도
'제까짓 게'라는 말은 뺐어야 했네.

2019년 2월 18일

환자가 들고 다니던 산소통 밸브가 꽉 잠겨서
열리지 않았다. 내가 아저씨한테 그랬다.
"와, 이걸 열어 썼다니, 우리 아저씨 힘이 장사네~"

"내 팔뚝을 봐라, 간호사 니는 나한테 아무것도 안 된다."

환자가 숨을 몰아쉬면서 살 많은 팔뚝을 들어 올려
출렁출렁 내보였다. 숨이 차서 한마디 할 때마다
헐떡거리면서도 말한다. "나한테. 와줘서. 고마워~"

"아유, 그렇게 얘기해주셔서 제가 더 고맙습니다~"

오늘 들어갔더니 환자가 침대에 축 늘어져 있었다.
화장실 가는 것도 힘들어 보여서 소변줄을 꽂는 게

어떻겠냐 했더니 "사람이. 그렇게 살면. 안 된다."
하시며 손사래를 친다. 나는 무슨 일이 생길까 싶어
화장실 문밖에서 아저씨를 기다렸다.

내가 병실에서 나가고 의사가 들어가 설명한다.
"더 이상의 적극적인 치료가 의미 없어 보인다"고.

오늘 밤, 아저씨는 무슨 생각을 할까.

교수가 내 땜시 회의한다꼬? 와?

내 같은 놈은 돈이 안 될 것 같다 하제? 히히히.

씨발, 기침 이거 별거 아이다.

내가 뱃사람인데 밧줄에 맞아서 이래 기침이 나는 기라.

오늘 대보름인데 땅콩 이거 간호사 니 무라.

얼른 갖고 가라, 난 이빨 없다.

에헤이, 갖고 가래도.

내일이면 폐암 4기를 선고받을 환자는
내가 싫어하는 땅콩을 계속 손에 쥐여준다.
땅콩을 까보니 알맹이가 새까맣다.

성격이 이상하다며 말도 걸지 말라고 소문 난 아줌마가
신규간호사를 세워놓고 침 튀기며 불만을 이야기하고
있었다. 신규를 방에서 내보내고 대타가 되어 들어보니
밤에 짜증이 났다는 거다.

나는 환자 '손을 잡고' 단골 멘트로
"밤에 많이 힘드셨지요?" 딱 이렇게만 했는데
아줌마가 내 손을 잡고 통곡하기 시작했다.

사실, 사람이 바라는 건 많지 않다.

132

"나는. 가망이 없제? 자식들한테. 짐만 되고.
그냥 빨리. 죽었으면. 좋겠다."

"아프고 싶어서 아픈 거 아니잖아요.
자책하고 그러시면 안 돼요. 아프셔도 누군가의
아빠고 부모님이세요. 지금 비록 병실이지만
그냥 숨만 쉬고 있어도 얼마나 소중한 사람인데요.
여태껏 자식 뒷바라지해줬으면 이제 받아도 됩니다.
짐 같은 소리일랑 하지도 마세요. 그리고, 내일은
제가 한 씨 집안 몇 대손인지 알아올게요. 아셨죠?"

몇 대손인지도 모른다고 음청 혼내던 한 씨 아저씨가
요새 기분이 좋지 않다. 내일 아빠한테 전화해서
내가 몇 대손인지 물어봐야겠다.

아줌마가 고개를 푹 숙이고 있었다.

명절인데 퇴원은 고사하고 아무도 없는
6인실 빈 병실에서 홀로 밥을 먹는다.
창문을 가리는 블라인드가 눈에 거슬려서
저녁 식사 시간에 맞춰 블라인드를 모두
걷어버렸더니 끝내주는 노을이 나타났다.

아줌마 한 사람을 위한 붉은 빛이 병실을 가득 채웠다.

"우와!"
아줌마가 숟가락을 내려놓고 소리 내어 웃었다.

134

2019년 3월 6일

암.
환자는 명확한 원인을 찾고 이유에
합당한 해결책을 구하고자 한다.

왜, 나는 아파요?

어째서, 약을 먹어도 아파요?

어떤 이유로, 나는 언제, 어떻게 되는 거예요?

저는 얼마 남은 거예요?

명확하진 않지만 원인은 사실 알고 있고
이유가 합당하지만 사실 해결책이 없다.

2019년 3월 7일

"엄마가 오고 있어."
"엄마 얼굴은 보고 가야지."

아빠가 죽은 애기 몸을 흔들며 말했다.
엄마는 오지 못했고, 엄마를 보지 못한 애기는
눈을 감을 수 없었다.

보랏빛 얼굴 위로 내 두 손을 내밀어
눈을 암만 쓸어내려보았지만
두 눈은 끝까지 감기지 않았다.

— 엄마, 언제 와?

"저 간호사는 너무 매정하네!"
아줌마가 씩씩거리며 간호사실로 왔다.

아줌마를 따라 병실로 가보니 피비린내가 진동했다. 중풍 아저씨가 혈변을 한가득 흘렸고, 갓 들어온 신규간호사는 그걸 보고 혈압만 재고 병실을 나갔더랬다. 나는 아줌마랑 같이 장갑을 끼고 아저씨를 요리조리 옆으로 돌리면서 궁둥이를 싹싹 닦았다. 아줌마가 고맙다는 소리를 열댓 번도 넘게 했다.

사실, 내가 오가면서 본 아줌마는 잠시도 쉬지 않았다. 한 시간마다 가래를 뽑고 콧줄로 밥을 넣고 쉴 새 없이 뒤로 나오는 피를 닦아 치우시더라. 그런 아줌마에게 고맙다는 말을 연거푸 듣는데 가슴이 아팠다.

"어머니, 간호사들이 나이가 어려서 아직 잘 몰라요. 우리가 너무 무심하지요? 미안해요, 대신 사과드릴게요. 그리고 제가 더 고마워요. 혼자 너무 많은 걸 하고 계시는데, 저희에게 좀 맡기셔도 되어요. 미안하고, 고마워요."

그 이야기를 하자마자 아줌마는 피로 물든 손을 멈추고 꾹꾹 눌러 담긴 목소리로 토해내기 시작했다. "도대체 내가 왜! 내가 왜! 생전에 봉사활동도 많이 하고 기부금도 내고, 내가 얼마나 열심히 살았는데! 아저씨랑 등산 가려고 옷도 사고 신발도 샀는데! 도대체 왜 나에게 이런 시련을 주시는 건데!!!"

아저씨는 손가락 하나 움직이지 못하고 눈만 껌벅거렸다.

"사람들이 꽃을 왜 좋아하는지 잘 모르겠어."

꽃이 좋은 이유는……

꽃이 예뻐서이기도 하지만
좋아해. 감사해. 고마워. 축하해.
이런 말들이 그 속에 담겨 있기 때문이다.

그래서 꽃을 생각하기만 해도
기분 좋아지기 때문이다.

2019년 3월 17일

누가 나를 이끌어주었으면 좋겠다.

무얼 해야 할지 잘 모를 때,
어떤 방향으로 어떻게 헤쳐 나가야
'잘 살았다, 잘했다' 박수 받을 수 있는 삶이 될까.

후— 불면 사라질 나약한 조종사를 품은
가여운 내 껍데기는 방향을 잃었다.

"오늘은 괜찮아요?"
즐겁게 이야기하고 등을 돌리는 순간, 아줌마의 눈이
뒤집혔다. 입에는 거품이 그득했고 손과 발은 뒤틀렸다.

신규간호사는 너무 놀라 그 자리에서 얼었다. 커튼을
칠 생각도 못 하고 모두가 그 모습을 보도록 했다.

발작이 끝나고 아줌마는 내 손을 잡으며 말했다.
"놀랐지요? 젊은 친구가 이런 걸 보게 해서 미안해요."

멍청한 신규간호사는 그 자리에서 아무 대답 못 한 채
질질 짜며 퇴근했고 그 말은 5년이 지나도록 가슴에 남았다.

'나는 그때 어떻게 해야 했을까.' 답을 찾기 위해

그 장면을 계속 되돌려 감아서 곱씹고, 또 곱씹었다.

5년 뒤, 복수가 흘러넘치는 위암 환자의 배를 처치하는데
환자가 그때의 그분과 똑같은 말을 했다.
"더러운 것 만지게 해서 미안해요."

나는 5년 동안 마음속에 묵혀두었던 말을
떨리는 마음으로 아주 천천히 내뱉었다.

"그런 마음 가지게 해서 제가 더 미안해요."

우리는 서로 눈 마주치며 웃었고
고개를 들었더니, 커튼이 쳐져 있었다.
마음속의 응어리가 스르르 사라지는 완벽한 순간이었다.

넘어졌어요? 어디 부딪혔어요? 환자분,
좀 주무셔야 할 텐데, 밤에 한숨도 안 잤지요?
오늘따라 진통제를 너무 많이 맞는데요?
평소보다 좀 더 아파요?

144

그랬더니 환자가,
"안 넘어질게요."
"아파도 참을게요."

말끝마다 꼭,
"미안해요."
"죄송해요."

그런 의도로 물어본 건 아니었는데 한때 알코홀릭이었던
아줌마는 주홍글씨를 가지고 있는 듯하다.

아니면 우리의 눈빛이 아줌마의 가슴팍에
낙인을 박았는지도.

폐암 아저씨는 조금만 움직여도 숨이 찼다.
벽에서 나오는 산소+에 의존하며 걸어 다니는 건
진작에 포기했다.

아저씨는 키가 너무 커서 병실 침대가 비좁아 보일
정도였고 그날따라 발이 침대 밖으로 더 삐죽
나와 있었다.

씻은 지 오래되어서 커다란 발바닥은 굳은살로
새하얬고 하얀 굳은살 틈으로 금이 쩍쩍 가 있었다.

나는 아저씨 발바닥에 대고 '똑똑' 두드리며 말을 걸었다.

✚ Wall O2: 병실의 벽에 부착된 산소 공급 장치.

"밭에 멜론 키우세요?
희멀건 게 많이 덮인 걸 보니 잘 익었는데
이거 얼마예요?"

키다리 아저씨는 엉뚱하기 짝이 없는 내 말에
어이없어서 웃었고, 나는 내 빛나는 재치에
'음, 역시!' 하고 만족하며 웃었다.

2019년 4월 4일

교과서에 퀴블러로스+의 〈죽음의 5단계〉가 나온다.

1. 부정
2. 분노
3. 협상
4. 우울
5. 수용

얼마 전 암의 전이 소식을 들은 아저씨는 2단계에
접어든 것 같다. 말을 해도 반응이 없기에 순간,
무슨 문제가 생겼나 싶어서 아저씨를 붙잡고

+ 퀴블러로스: Elisabeth Kübler-Ross, 1926-2004. 스위스 출신 미국의
 정신과 의사이며 임종 연구(near-death studies) 분야의 개척자.

"환자분?" 하고 흔들어보았다.

그랬더니 아저씨가 표정 없이 눈을 감은 채 소리 질렀다.
"무엇 하러! 이게 다 무슨 의미가 있어서?
나는 어차피 죽을 건데!!"

옆에서 그 이야기를 듣는 아줌마는 억장이 무너진다.

나는 모르핀을 주고 병실을 나왔다.
병실에 남겨진 아줌마의 우는 소리가 새어 나왔다.

2019년 4월 5일

그 방에만 들어가면 세상 좋은 사람인 척 다 해놓고,
한 달여간 그 환자를 배정받지 않았다는 핑계로
병실 출입을 끊었다.

사실 마음만 먹으면 인사하러 갈 수 있었는데
그럼 나를 붙들고 푸념하실까 봐, 그 푸념을 들으면
내가 더 힘들어지지나 않을까, 부러 들어가지 않았다.

들어가자니, 마음이 힘들 것 같았고
들어가지 않자니, 죄책감이 들었다.

요즘 들어 자꾸 짜증을 낸다는 아저씨 소식이 들릴 즈음
아저씨가 CT실을 가야 하는 통에 내가 병실을 찾기 전
어쩔 수 없이 아저씨가 먼저 침대째로 병실에서 나왔다.

언제 일이 터질지 모르는 환자였기에 이송시 의료진 포함
직원 두세 명은 붙어야 했고 내가 결국 함께 가기로 했다.
침대에 산소통을 얹고 아저씨 얼굴에 마스크를 씌우고
침대를 붙잡고 CT실을 내려가는데 아저씨가 숨을
몰아쉬면서 말한다.

"한 간호사야. 어디. 가. 있었노?"

잘 계시는지 병실 한번 들러볼걸.

2019년 4월 6일

왜 나는 아프냐고!
네 몸이랑 내 몸이랑 바꾸자고!

말기임을 모르는 환자의 병실 문을 여는 게 너무 힘들었다.
환자에게 받은 화가 고스란히 쌓여서 뻥! 하고
터져나갈 것 같았다.

결국 병원 문을 나서 빛을 보는 순간 나는 엉엉 울며
부산으로 갔다. 집에 갔더니 아빠가, 오늘 서울에서
친척들이 오니 마중 나갈 준비를 하자신다.

식구들과 밥을 먹으면서
"미안, 나 오늘 사람이 보기 싫어. 집에 있을게."
했더니 아빠가 핀잔을 주었다.

"너는! 그 이기적인 성격 아직도 못 바꿨니!"

순간 나는 눈이 뒤집혀서 밥상을 엎고 지랄발광을 했다.
씩씩거리고 보니 눈물 콧물 범벅이 되어 있었다.

그날 이후로 아빠는 절대 내게 지시하듯 말씀하시지 않는다.
내가 혼자 여행을 가든 무얼 하든, 이유가 있겠지 하신다.

2019년 어느 날

환자가 진단에 대해서 어디까지 이해하는지 파악하기 위해
나는 젊은 여자 보호자를 조용히 복도로 데리고 나왔다.
"혹시, 환자분이 진단명에 대해 어느 정도 알고 계시나요?"
그러자 보호자가 놀라서 되물었다.
"예? 우리 어머니 진단 나왔어요? 왜 그러세요? 암이에요?"

나는 들고 있던 종이를 다시 봤다. 세상에!
조직검사가 아직 나오지 않아서 섣불리 진단을 내릴 수
없는 상태였다. 잘못 이해했음에 고개 숙여 사과했더니
젊은 보호자가 난데없이 크게 웃으면서 내 어깨를 쳤다.

"에이~ 제가 선생님을 아는데, 새삼 왜 그러세요.
몇 년 전 뇌졸중으로 입원했던 우리 엄마 기억하세요?
이번엔 저희 시어머니예요. 크크."

3장

아무도
안 겪어봐서 그래요,
미안해요

🍎 간호사들과 환자복 입고

임종이 임박한 환자에게는 특히 더 정성을 많이 쏟는다.
그래서 나는 임종을 앞둔 환자가 있으면
다른 환자들에게 미리 양해를 구한다.
그럼 다들 암묵적 동의를 하고
임종 간호를 잘할 수 있게끔 기다려주신다.
마음을 끌어모아 살핀 그 한 생명은
낯선 병원에서 사람다운 죽음을 맞이할 수 있다.

2019년 4월 9일

촉이 온다

그런 날이 있다. 이상하게 평소와 다른 행동을 하고 싶은 날.
그런 걸 우리는 '촉'이 있다고 한다.

평소 같으면 열어보지 않았을 화장실 문을 열면
환자가 쓰러져 있다거나.
평소 같으면 '피곤해서 자나 보다' 하고 넘겼을 환자를
흔들어 깨워보면 그때 뇌졸중이 왔다거나.

다른 날 같으면 그냥 지나칠 텐데 이상하게,
환자 얼굴을 한 번 더 보고 싶을 때가 있다.

촉이 온 거다.

그늘

따사로이 내리쬐는 햇빛이 좋아서
무작정 쏘다녔더니 땀 범벅이 되었다.

눈물인지 땀인지 온 얼굴을 적셔
앞이 보이지 않는다.

조금만 더 가면 큰 나무가 있으니
그늘 속에서 잠깐 쉬어 가야겠다.

바람을 맞으며 땀을 좀 식히고,
다시 빛을 맞이할 준비를 해야겠다.

2019년 4월 15일

존재의 이유

모든 사람은 존재의 이유가 있다고 위로하며 말한다.
"환자분은 있는 그대로 가치가 있는 사람이에요."
"약한 소리 하시면 안 됩니다."

그래놓고 뒤돌아서선 알코올 중독자, 마약 중독자,
범죄자 멱살 붙들고 묻고 싶어진다.

너는 여기 왜 있니? 왜 사니?
그리고 나는 왜 너네를 간호해야 하니?

어제는 수갑으로 팔다리가 묶인 환자가 무엇이
마음에 안 들었는지 내 등에다 대고 소리 질렀다.

"에이 씨발! 교도관들만 없으면!
다 죽여버리고 나도 죽을 건데!!"

나는 뒤돌아서 전자발찌 찬 환자 얼굴을 한번 보고
병실 문 닫고 조용히 나왔다.

후유! 한숨이 절로 나왔다.

2019년 4월 22일

봄밤

패딩 지퍼를 끌어올리며 '어우, 왜 이렇게 추워.'
그러고 다녔는데 어느새 봄이 되었다.

오늘은 가벼운 옷차림으로 늦은 밤 퇴근을 했다.

퇴근길이 어두워 뭐가 뭔지 잘 보이지는 않지만
땅에서는 풀내가 솔솔 올라오고 있었고
머리 위로는 보름달이 떠올라 있었다.

따스한 봄밤에 가득 차오른 달을 보자니,
어느 환자의 꽉 찬 옷장이 생각났다.

추운 겨울에 입원해서 아직 퇴원하지 못한
환자의 옷장에는 여전히 겨울옷이 가득하다.

하루빨리 퇴원해서 푸릇푸릇한 내음을 맡으며
몸도 마음도 가벼운 발걸음 내디디시길.

2019년 4월 23일

임종 간호

다수를 돌보아야 할 때 한 명의 요구가 잊히는 경우가 있다. 하지만 다수가 한 명을 위해 마음을 모아준다면 그 한 명을 위한 시간이 아깝지 않은 경우가 있다. 예를 들면, 임종. 임종이 임박한 환자에게는 특히 더 정성을 많이 쏟는다. 그래서 나는 임종을 앞둔 환자가 있으면 다른 환자들에게 미리 양해를 구한다. 얼마 남지 않은 사람이 있으니, 부탁드린다고. 그럼 다들 암묵적 동의를 하고 임종 간호를 잘할 수 있게끔 기다려주신다. 나의 생각을 다수에게 강요하는 것인지도 모르겠다. 하지만 마음을 끌어모아 살핀 그 한 생명은 낯선 병원에서 사람다운 죽음을 맞이할 수 있다.

2019년 4월 24일

그런데 말이야

부서이동을 하기 전엔 장기이식 병동에 있었다. 장기이식 후 감염 위험성과 거부반응으로 인해 환자들은 독방에 한 달을 꼬박 입원해야 했다. 면회객은 제한되어 있었고 할 일이라곤 티비 보기밖에 없었다.

약을 잘 챙겨 먹었는지 확인하러 들어가면 환자들은 나를 굉장히 반겼다. 등 뒤에서 보이지 않는 꼬리를 살랑살랑 흔드는 것 같았다. 처치가 끝난 후 방에서 나갈라치면 환자들이 "그런데 말이야~"로 시작해서 꼭 한두 마디씩 더 말을 걸었다.

문득, '저 골방에서의 한 달이 얼마나 지겨울까' 하는 생각이 들었다. 그래서 간호사 몇 명을 모으고 엄마의 도움으로 재

료를 구해 방 안에서 방향제도 만들고, 책갈피도 만들고, 폴
라로이드 사진도 찍어 창문에 붙이고 한 달 동안 지낼 병실
을 꾸며댔다. 만들기를 하며 환자와 이야기 나눌 시간이 생
겼고 환자들의 80프로가 이야기 도중에 울어서 나는 꼭 휴지
를 들고 다녀야 했다.

업무 외의 시간이었지만 환자들이 매우 좋아해주어 기뻤다.
그 뒤로는 늘 이야기한다.
"이왕 입원하신 거, 즐겁게 지내세요!"

같이 만든 방향제　　　　　　　　　　　　병실 꾸미기

5만 원

"밤에 우리 할배가 니를 너무 괴롭혔제? 미안타…… 이걸로
맛있는 거 사무라." 밤새 할머니가 주무시는 동안 할아비 기
저귀를 갈았다. 할아비가 밤새도록 실실 웃으면서 보란 듯이
기저귀를 침대 밖에다 벗어 던지면 나는 엉덩이 닦고 다시
기저귀 채우기를 반복했다. 화가 있는 대로 나 있는 상태였
는데, 할머니가 5만 원을 쥐어다가 내 주머니에 쑤셔 넣었다.
안 된다고 말해도 할머니는 막무가내였다.

"옷 입고 기다리소. 내캉 밖에 나갑시다." 나는 할머니한테 외
출 준비를 하시라 말한 뒤 사복으로 갈아입고 나갔다. 할매
가 허리춤을 야무지게 끌어 올리면서 나를 기다리고 있었다.
그렇게 아침 퇴근길에 할매 손을 잡고 편의점에 갔다.

나는 바구니를 손에 들고 말했다.

"할무니, 할아버지 지금 필요한 거! 먼디요?"

"음…… 기저구 다 썼고 면봉이랑…… 스메끼리+랑……."

금세 바구니가 가득 찼다. 나는 할매가 쑤셔 넣어준 5만 원을 카운터에 내밀었다. "할매요, 돈 함부로 주는 거 아닙니데이. 자식도 없고, 간병사 쓸 돈도 없다 카면서…… 으잉?"

할머니가 눈물을 글썽거렸던 것 같은데 잘 모르겠다. 5만 원이 다시 내 주머니로 들어올까 봐, 그 돈만큼의 마음을 책임져야 할까 봐, 뒤돌아보지 않고 집으로 도망쳤던 것 같다.

+ 스메끼리: 손톱깎이를 뜻하는 일본어.

가로등

하루를 마치고 아무도 없는 불 꺼진
자취방으로 가기가 싫어서

퉁퉁 부은 다리로 아무도 없는 불 꺼진
거리를 휘이— 휘이— 휘젓고 있는데

갑자기, 가로등 하나가 '팅' 소리를 튕기며 켜졌다.

'오늘도 고생 많았지? 밤이 늦었으니 집에 가자.
내가 네 등 뒤에 있을게.'

집으로 향하는 나를 앞에 두고 따스한 노란빛

가로등이 내 등을 토닥토닥 다독여주었다.

가로등 불빛에 들킬세라 나는 몰래 소매로 눈물을 훔쳤다.

아무도 없는 어두운 거리에
그냥, 가로등 하나 켜졌을 뿐인데.

2019년 5월 3일

낮잠

- 낮에 자는 잠
- 너무 많이 자면 해님이 창문을 '톡톡' 두드리는 잠
- 남은 반나절을 새롭게 달리기 위한 시에스타**+**

나에게는, 야간근무를 마치고 베개에 침 흘리며
해님이 '톡톡' 하든 '툭툭' 차든
무아지경이 되는 시간.

+ 시에스타siesta: 이른 오후의 낮잠 자는 시간.

2019년 5월 4일

간호일지

탁탁
타타타탁
탁

키보드를 두드리며 오늘 당신에게 어떤 일이 있었는지
무얼 드셨고 어떻게 생활하셨고 어떤 의사 표현을 했는지
기록하는 간호일지.

나의 개인적인 감정은 들어내고 당신의 몸과 마음을
내 손으로 옮겨 적는 일.

아픈 당신을 대신해 내가 남기는 당신의 일기.

2019년 5월 5일

일광욕

아침에 병실을 돌며 커튼과 블라인드를 걷고 아직 눈 뜨지
못하고 있는 환자를 두 팔로 안고 허리 숙여 귓속말을 한다.

"할무니~ 날씨가 이래 좋은데 누버만 있지 말고~ 손잡고
바람 좀 쐬러 갈까예? 이래 방구석에 계속 누버 있으니께
머리가 아픈 거 아닌교? 가입시다, 나가입시다."

할머니는 울며 겨자 먹기로 정원에 나가신다. 그러고는
점심께까지 들어오시질 않길래 나가봤더니 선글라스까지
쓰고 버선발로 일광욕을 제대로 즐기고 계신다.

"어잉? 버여 점심밥 왔나?"

2019년 5월 13일

그림자

그림자에도 인격이 있었으면 좋겠다.

그럼, 내 발을 딛고 땅에서 올라와
나를 안아줄 수 있도록.

내가 얼마나 슬픈지 타인에게 애써
설명할 필요가 없도록.

2019년 5월 14일

창가 자리

그날 새벽, 처치실에서 심폐소생술을 했지만
창가 자리 아줌마는 소생하지 못했다.

누구나 원하는 병실 창가 자리 침대가 비게 되니
환자들이 앞다투어 그 자리로 가겠다 했다.

"가도 돼요? 가도 돼요?"
"옮겨도 돼요?"

아직 장례식장에 가지도 못한 창가 자리 시체를
등 뒤에 두고 쏟아지는 전실 질문에 나는 귀를 닫고
동이 트는 모습을 창문으로 바라봤다.

사실은 신규간호사였을 때 나는 CPR(심폐소생술)에
정신을 놓아버리고 자리 옮기겠다는 문의폭주에
'그러세요' 했다가 연차선생님께 엄청 혼났었다.

구제시장

엄마가 쭈뼛거리면서 물었다. "미야, 이 신발 어떻노?"

나는 별생각 없이 습관처럼 대답했다.
"엄마! 이제까지 사서 신었던 신발 중에 제일
잘 어울린다. 옷이랑 완전 찰떡궁합이다!"

그랬었는데 엄마가 다음 날 고백 아닌 고백을 했다.
"사실 이 신발 시장에서 떨이로 샀거든? 왜, 있잖아.
남들 입던 거 신던 거 파는 데. 그래, 구제시장. 거기서 샀어.
싼 맛에 사긴 했는데…… 신발 신고 다니는 게 괜히
창피하고 그랬다? 근데 어제 니가 예쁘다고 하니까
진짜 이 신발이 최고로 좋아 보이는 거 있지?"

2019년 5월 17일

걷기

뛰게 되면 불안하다.
심박 수가 오르고 호흡이 가빠진다.

지금 뛰어야만 할 급한 일이 있는 걸까?
그러지 않아도 된다고 이야기해주고 싶다.

걸어가면서, 머리로는 생각해가면서,
시간을 가지고 해결해도 절대 늦지 않는다.

병원에서 뛰어야 하는 경우는 응급상황일 때뿐이다.
그 외의 상황에서 뜀박질은 금물!
주위의 의료진과 환자가 불안감을 느끼기 때문이다.

2019년 5월 20일

새벽

새벽녘에 감성이 올라오는 이유는,
다른 이들은 눈 감고 생각도 잠재운 시간에 나 혼자
조용히 상상을 널뛸 수 있다는 즐거움 때문이고

새벽녘에 우울감이 드는 이유는,
다른 이들은 눈 감고 생각을 멈추는데 왜 나는
그렇게 하지 못해서 혼자 깨어 있는 걸까,
하는 외로움과 고립감 때문이 아닐까.

2019년 5월 21일

안부

"지혜야, 병원에는 환자 말고도 여러모로 건강하지 못한 사람들이 많이 있어. 저마다 모두 이해를 받고 싶어 하지. 그렇기 때문에 그들이 너를 이해하려고 마음을 기울여주지는 않을 거야. 그럴 만한 마음의 여유도 없고. 아마 상처를 많이 받게 될 거야. 많이 울기도 할 거고. 그러니까 마음을 굳게 먹어야 해. 알겠지?"

교육 마지막 날, 앳된 얼굴의 신규간호사를 앞에 두고 이런 이야기를 하다 보니, 옛날에 난도질당했던 내 마음이 생각나 갑자기 울컥했다. 그때는 환자들 안부만 물을 줄 알았지, 내 마음이 어떤지 되돌아보고 다독여줄 여유가 없었다.

매일은 아니더라도 열에 한 번은, 아니면 스무 번에 한 번쯤
은, 내가 나에게 안부를 물어볼 시간이 필요하다.

똑똑!
마음님, 괜찮은가요?

2019년 5월 27일

서랍

보여주고 싶은 건
밖에다 꺼내어서 예쁘게 진열해놓고,

보여주기 싫은 건
정리도 않고 손으로 한 움큼씩 쥐어다
서랍 속에 집어넣고 꾸역꾸역 눌러 담았다.

사람들이 가고 나서 서랍을 열었더니
눌린 내 마음이 밖으로 쏟아져 나왔다.

와르르르.

2019년 6월 1일

항암

"이번 항암이 15번째인데, 나는 인제 고마 죽어야겠다."

"에헤이, 항암 14번 하고 15번째 하러 걸어서
들어온 거 보믄 아직 죽을 날이 아인가 보지예.
15번째 하고 또 걸어서 집에 갈 거니께 적~어도
올해에는 안 죽겠네요~"

할매가 깔깔 웃으면서 내 팔뚝을 퍽퍽 때렸다.

엘리베이터

엘리베이터를 타려는데 저 멀리서 한 남자가 뛰어왔다.
머리를 휘날리며 "저기요!! 저기요!!"

뛰어오는 남자를 보며 나는 '어휴, 왜 저래……'
하고 한숨을 푹푹 쉬었다.

남자가 "저기요!!" 하며 나를 급하게 부르더니
엘리베이터 문을 붙잡고 말한다.

"간호사님 맞지요? 젭때 입원했던 ○ ○ ○ 보호자인데요.
인사하고 싶어서…… 허허. 오늘도 수고하세요."

문이 스르륵 닫히고 나는 엘리베이터에 혼자 남았다.
기분이 이상했다.

2019년 6월 5일

생각

이게 다 무슨 의미가 있지? 내가 무엇 때문에? 늘 이런 고민들이 따라다닌다. 생각이 꼬리에 꼬리를 물어 걷잡을 수 없이 늘어지면 마침내 이런 결론이 나온다. '행복해지려고.'

단순한 일 같은데 단순한 것 같지 않다. 이만큼 공부해서 취직하면 사회생활이 괜찮을까 아님 고달플까, 고달프다면 지금 하는 공부가 무슨 소용 있을까. 언제나 이런 식이다.

지난주 1박 2일 동안 서울에서 교육을 받았다. 교육을 받는 동안에는 전혀 행복하지 않았다. 교수가 무슨 말을 하는지도 모르겠고 계속 졸음이 와서 내 머리는 위아래로 춤을 췄다.

교육을 마치고 퀭한 눈으로 오랜만에 친구를 만났다. 저녁을 같이 먹으면서 친구가 이런 말을 했다.

"있지. 일이 끝나고 나왔는데 남편이 나를 기다리고 있더라고. 차를 타고 밥 먹으러 가는 길에 차가 너무 막히는 거야. 근데 창밖으로 해가 지는데 노을이 너무 예쁘더라고. 옆에는 남편이 있지 하늘은 예쁘지…… 차는 막히지만 그래서 노을을 더 오래 볼 수 있고…… 순간 '아! 행복하다! 이런 생각이 들었어."

그 이야기를 듣고 집으로 가는 기차 안에서 나는 잠들지 못했다. 노을을 보고 행복할 수가 있다고? 생각 나부랭이들이 다시 스멀스멀 머릿속에서 기어 나와 마음을 헤집고 있었다.

눈빛

직업을 물어보는 질문을 별로 좋아하지 않는다.
'간호사'라고 이야기하는 순간 변하는 상대방의
눈빛이 싫어서다.

아 착하겠구나.
뭔가 해주겠지.

나한테 무언가를 맡겨놓은 듯한 그 눈빛.

192

2019년 6월 8일

빚

할매가 환자의 바짓가랑이를 붙잡고 흔들고 있다.

"한서방!! 우리 딸을 자네에게 줬으니 자네는 나한테 빚이
있지 않은가, 응? 그럼 나는 자네가 묻어줘야지. 응?"

"한서방? 말 좀 해봐라. 약속해라, 얼른. 나는 니가
묻어주야 된다. 어디 니가 먼저 갈라카노."

인내심

술을 끊지 못한 환자는 간이 망가진 채 간성혼수로
입원했다. 간밤에 똥을 화장실 변기, 벽, 바닥, 온데만데
뿌려놓고 맨바닥에 싸지르고는 뒤를 닦은 휴지 뭉텅이를
모아서 나를 노려보며 보란 듯이 내 앞에 던졌다.

"뭘 봐 이 시발년아, 니네 애비한테도 그렇게 쳐다보냐?"

나는 똥 범벅 환자를 닦이고 기저귀 채워주고
손을 백번 씻었다.

치료실에서는 조현병[+] 할머니가
"귀신아! 내 방광에 귀신이 들었다!" 하며

간호사들을 구타하고 있었다.

옆에서 모든 걸 본 똥 아저씨의 친척이 내 등을 토닥이며,

"어후…… 간호사 인내가 장난이 아니네요…….'

후유…… 인내심이 머리끝까지 도달한 밤이었다.

+ 조현병: Schizophrenia. 정신분열병.

자물쇠

내가, 우리 아저씨를 말이야,
술을 못 묵게 할라꼬 온갖 짓을 다 했다.
저렇게 술 먹다간 디질 것 같았거든.
그래 내가 어떤 짓까지 했냐믄,
방에 가둬놓고 밖에서 자물쇠로 잠가뺐거든?

근데 잠깐 한눈판 사이에 자물쇠가 끼라져⁺ 있고
사람이 도망가고 방 안에 없는기라.
그길로 아저씨 잡을라꼬 뛰쳐나갔는데 고새
슈퍼마켓에서 소주를 병째 들이마시고 있데…….

⁺ 끼루다: 잠긴 것을 열다. '끄르다'의 방언.

196

간호사야. 저놈아 저거,
지 새끼 간 받는다고 사람 되겠나?

나는 아저씨가 고마 명대로 죽었으면 싶다.
간 이식은 무슨 얼어죽을 놈의 간 이식이고.
자물쇠 부수고 나갈 정도면, 글렀다.
글렀어.

……

니 일해야 되는데 내가 너무 붙들었제?

2019년 6월 13일

도시화

시골이 도시가 되고 낮은 벽이 높은 빌딩이 되어서
서로 간에 얼굴 보며 소통할 시간이 줄어들고
휴대폰으로, 컴퓨터로 모든 소통을 빨리빨리……

병실도 도시화되는 게 아닐까.

예전에는 아무도 커튼으로 자신을 가릴 줄 모르고
병실 안에서 티비 보며 "맞아맞아." "그래그래."
왁자지껄했는데, 지금은 6인실 문을 열고 들어가면
칸칸이 커튼이 처져 있다. 공동 티비는 고사하고
모두 이어폰을 끼고 유튜브를 보며 커튼 안에서
소리 죽여 킥킥거린다.

환자들이 제 발로 걸어 나와서 얼굴 보며 이야기하던
예전의 풍경은 어디 가고, 요즘은 침상 위의 벨을 눌러서
나를 호출하고 침상 위의 스피커로 대화한다.

커튼과 벽으로 가려진 채 문장과 글자만 오가다 보니
찡그리며 아픈 표정을 짓는 건지,
땀을 뻘뻘 흘리며 창백한 표정을 짓는 건지,
입술과 손발이 시퍼레지진 않았는지 알 수 없다.

병원도 도시화가 되어가는구나.
도시 〉 병원 〉 병실 〉 커튼 속이라니.

나와 그대들은 도시 안의 또 다른 도시 속에서,
벽 안의 또 다른 벽 속에서 사는구나.

2019년 6월 14일

점쟁이

"담배 피우면 안 되냐고! 아니, 식후 두 시간이나
지났는데 담배를 못 피우는 게 말이 되냐고?!"

"환자분이 하는 소리는 그럼 말이 돼서 하는 소리예요?"

순간 환자 눈이 도끼눈이 되길래 나도 맞서 싸우려고
일어났다가 '환자 고쳐 쓸 생각일랑 말고 그냥 참거라.'
했던 점쟁이 말이 생각나서 그길로 고개를 숙이고
다른 병실로 도망갔다.

2019년 6월 15일

컴플레인

그분의 딸은 콧대가 높아 보였다. 환자가 섬망[+]이 와서 물건 집어 던지고 소리를 질러대는 통에 그 환자를 다른 환자들과 같이 놔둘 수가 없어 간호사실로 모셨더니 잠깐 온 딸이 병실에서 큰 소리로 모두가 들을 수 있게 소리쳤다.

"우리 아빠 때문에 불편하다고 컴플레인 들어왔어요?! 그럼 그 사람, 나한테 얘기하라 그래! 어디, 우리 아빠를 병실에서 빼는 거야!"[++] 딸은 눈을 위아래로 부라리며 키 작은 나를 훑어 보고 병실을 한 바퀴 둘러 눈빛으로 다른 환자들 입을 꼬맸다.

[+] 섬망: 심한 과다행동과 환각 등이 나타나는 상태.
[++] 사실, 따님의 말도 틀리진 않았다. 그 사건 이후로는 섬망 환자를 간호사 실로 모실 때 꼭 보호자에게 전화해서 동의를 구하고 옮기게 되었다.

'죄송합니다. 저희 아버지 때문에 고생이 많으십니다'가 아니라니…… 참 오래도 살겠다. 나는 뒤에서 혼잣말로 읊조렸다. 그 이후로 그 병실 사람들은 며칠 동안 할배 때문에 잠을 못 자거나 휴게실에서 이불을 펴고 잤더랬다. 할배 혼자 6인실을 썼더랬다.

일 년 뒤, 어디서 많이 본 딸이 어디서 많이 본 할배를 휠체어에 태우고 입원했다. 나는 치를 떨면서 그 할배가 입원한 병실을 향해 눈을 흘겼다. 그런데, 일 년 만에 두 부녀는 달라져 있었다. 간암 말기 아빠는 힘없이 귀신처럼 걸어 다니고 딸은 입원 내내 말 한마디 없이 조용했다.

무엇이 그 둘을 저렇게 만들었을까.
병인가 보다. 병이, 사람을 꺾나 보다.

판단

옳고 그름이요?

판단을 하는 기준은 '1인칭'적이어야 한다고 생각해요.
내 기준을 남에게 들이대는 건 아닌 것 같다고요.

남이 나랑은 다른 행동을 한다고 해서 그게 꼭
그른 행동이라고 이야기할 순 없지 않을까요?

내가 그 사람이 되어보질 않았잖아요.
그 사람의 입장이 되어보질 않았잖아요.

분명, 그 사람이 그렇게 행동할 수밖에 없었던 상황과

그 사람이 그렇게 생각하게 된 지금까지의 습관과
환경이 있었을 거예요.

'나'의 기준으로 남을 판단하는 건 섣부르다는 거지요.

가치

"얼른 해주세요. 제 간을 내어드릴게요.
제 남편을 살려주세요."

유방암으로 가슴을 도려내고
갑상선암으로 목을 내어놓고

아줌마는 이번에 세 번째로 몸에 칼을 들이고
간을 내어놓겠다 했다.

술로 간이 망가진 남편은 누런 눈동자를 굴리며
아줌마를 부려먹고 구박한다.

"밥 사오라 했더니 이딴 거 사오고 있어! 이년이 진짜!!"

아줌마는 남편이 큰소리를 내어서 미안하다며
허리 굽혀 사과한다.

너는 저 간을 받아 마땅한 사람일까.
그만한 가치가 있는 인간이냔 말이다.

하강

사람이 가기 전에, 떠나기 전에
초인적인 힘을 발휘할 때가 있다.

서지도, 걷지도 못하는 환자가 그날 낮 침대에서
걸어 내려와 배우자와 마주 보고 밥을 먹었더랬다.
간호사들은 환자가 살아났다고 박수를 쳤다.
그러고는 그날 밤에 심폐소생술 후 돌아가셨다.

피를 게워내느라 말 한마디 못 하던 엄마가 힘을 내어
아들에게 눈을 부릅뜨며 "내 걱정 말고 잘 살아야 해."
또박또박 말하고는 바로 눈을 감았다.

눈을 희멀겋게 반쯤 뜨며 초점이 없던 환자가
지나가던 내 옷자락을 붙잡고 "퇴원하고 싶어요."
하더니 그날 밤에 가셨다.

환자가 초인적인 힘으로 '반짝'하는 순간 우리는 잠시
기쁨 위에 올라탔다가 올라간 만큼 가속도를 얻어
더 깊고 빠르게 하강할 때가 있다.

2019년 7월 5일

반창고

오후 라운딩을 도는데 방금 입원한 환자가,

"나 반창고 요만큼만 잘라다 좀 도."

"왜요?"

"에헤이, 침상 난간에 붙여둬야 된다. 얼른 도바."

"예?"

환자가 고개를 요리조리 돌리더니 목소리를 낮추고,

"내가 코골이가 음청 심하거든? 여, 딱 붙여놨다가
내 잘 때 입에 붙여서 입 꼬매놔야 된다.
아님 다른 사람들 잠 못 자고 난리 난다.
빨리 주바라. 내 코 곤다고 소문난다."

이른 오후부터 한밤을 신경 쓰는 환자라니,
나는 반창고를 양껏 뜯어주었다.

찌이이이익—

알약

젊은 사람한테는,

동그랗고 노란 건 가려워서 먹는 거고
길고 파란 건 가래 삭이는 약이고
이거 빨간 약은 철분제예요.

할머니한테는,

똥그랗고 누—런 건 지그러블 때 묵는 약이고
쩰쭘하고+ 시퍼런 건 가래약이고

+ 쩰쭘하다(찔쭘하다): '길쭉하다'의 방언.

212

이거 씨뻘건 약은 피 맨들어주는 빈혈 약입니데이.

"아따 알아뭇다."

반짝이는 날

출근하자마자 환자의 코와 입에서
피가 미친 듯이 솟구쳐 흘렀다.

임종하시고 보니, 온몸이 피떡으로 엉망이 되어 있었다.
나는 수건을 빨아서 눈코입부터 시작해 온몸을 닦았다.

내가 그러고 있는 걸 옆에 서서 멍하니 지켜보던 보호자는
"분명히 오늘 아침에는 유달리 좋아 보이고 점심밥도 먹고
걸어서 들어왔는데…… 왜…… 이런 거죠?"

"사람이요, 가기 직전에 '반짝'할 때가 한 번씩 있더라고요.
오늘이 그 '반짝이는 날'이었던 거 같아요."

나는 빡빡 닦으면서 생각 없이 아무 말 잔치를 한 건데
나의 아무 대답에 보호자는 "그래…… 그런 거 같아요."
조용히 고개를 끄덕이며 환자를 보내주었다.

2019년 7월 13일

전인 간호

아들은 간병사를 들여놓고 할머니를 한 번도 보러 온 적이
없었다. 할머니 옷은 밥풀떼기로 늘 더러웠고 얼굴에 씌어
있는 마스크가 의심스러워서 벗겨보면 입 주위가 추저웠다.[+]

딱 한 번, 아들은 어쩔 수 없이 '와야 해서' 오게 된다. 할머니
임종 날에. 처음이자 마지막으로 본 아들이 물었다. "제가 돈
이 없어서 그런데요, 시체 놔두고 가면 어떻게 되나요?"

일거리가 없어진 간병사는 캐리어에 짐을 싸고는 아들에게
간병비를 요구했다. 돈 문제로 왈가왈부하는 두 사람을 무시

[+] 추접다: '더럽다'의 방언.

하고 뒤돌아서 할머니를 다시 봤더니 입 주위에는 언제 먹었는지도 모를 고춧가루가 잔뜩 묻어 있었고 돌아가시는 길에 대변을 잔뜩 봐서 냄새가 풀풀 났다. 내가 할머니를 닦으려고 수건을 빠는데 옆에서 동료 간호사가 웃는 얼굴로 말한다. "선생님, 완전 전인 간호하시네요?"

나는 순간 눈시울이 시뻘게짐을 느꼈다. 할머니 얼굴을 닦으며 고춧가루를 떼어내는데 이 사람의 말년이 너무 슬퍼서 눈물이 났다. 모두가 외면하고 귀찮아하는 이 상황이 슬픈 게나 혼자뿐인 것 같아서 억울했다. 이를 악물고 할머니를 머리부터 똥꼬까지 닦인 후 할머니가 입원했을 때 입고 왔던 꽃무늬 옷을 도로 입혀놓았다. 꽃무늬 옷을 입은 할머니는 병실에 계실 때보다 더 작아 보였다.

2019년 7월 14일

인계

"우리 금자…… 얼만큼 살 수 있을 것 같소?"

나는 보호자 손을 잡고 위로했다.
"우리, 최선을 다해봐요."

신규간호사였던 나는 선배 간호사의 인계를 완벽하게
이해하지 못했다. 아줌마가 숨 쉴 때마다 '껵껵'거리는
그 소리가 임종 직전의 비정상적인 호흡음인 걸 몰랐다.

'최선을 다해보자'라는 허세 가득한 내 말에 마음이 놓인
아저씨는 집으로 갔고 보호자 없이 홀로 남은 아줌마에게
심폐소생술을 하게 되었다.

한 시간쯤 지났을까.
연락을 받고 달려온 아저씨의 만류로 심폐소생술을
중단했고 의사는 새벽 5시에 사망선고를 내렸다.

그 순간 제일 먼저 든 생각이……
'휴, 다행이다. 다음 선생님한테 인계할 거리가 없어졌다.'

그러다 문득 정신이 번쩍 들었다.
'미쳤다. 미쳤는갑다. 나는 사람 새끼가 아닌갑다.
사람이 죽었는데 일거리가 줄었다고 생각하다니!'

집에 가서 죄책감에 이불을 돌돌 말고 뜬눈으로 밤을
지새웠다. 나는 스스로를 감정 없는 괴물이라고 생각했다.
고쳐 쓸 수 없다고 생각했다.

2019년 7월 23일

길동무

새벽 6시, 아침 회진 전에 엑스레이를 찍어놔야 된다.
그런데 검사실로 가는 길이 만만치 않다.

"자! 엑스레이 가시는 분 손들어보세요!
여기 모이세요! 다 같이 손잡고요~
쩌~기 잘생긴 남자(이송직원) 따라서~ 출발~!"

생색

경미야, 엄마가 기부하려 마음먹고 30만 원을 챙겼는데
막상 돈을 주려 하니까 돈이 막 아깝고 그런 거야.
그래서 20만 원만 넣었다? 근데, 오는 길에 사고 쳐서
10만 원 날린 거 있지.

어차피 그 돈 30만 원은 오늘 다 없어질 운명이었던 거지.
그럴 거였으면 그냥 처음에 좋게 마음먹었던 금액 그대로
기부함에 넣을걸.

고작 10만 원 아끼고 '기부는 했다'며 생색내려고 했던
마음이 나도 모르게 있었나 봐.

절경

고개를 들 수 없을 정도로 비가 쏟아지는 바람에
멋쟁이 짓 한다고 입은 청청 패션이 쫄딱 젖었다.

땅만 보고 걷는다고 이정표도 보질 않고서
30분 만에 갈 거리를 두 시간을 걸었다.

중간에 포기하고 싶은 순간마다 '이러니까 내가 안 되는 거야.'
말도 안 되는 합리화를 하며 천둥번개가 치고 부러진 나무가
길을 가로막는데도 헉헉거리면서 계속 땅을 밟아 올라갔다.

나중에, 잘못된 길이라는 걸 알고서는
다시 왔던 길을 되돌아 옳은 길로 갔더니,

222

갑자기 해가 튀어나오고 안개가 걷히고
절경이 나타났다.

산에서 내려오니, 옷이 바싹 말라 있었다.

복숭아

남편을 간병하던 아내는 혼자 먹기에 양이 많다며 복숭아를 한가득 주었다. 내가 좋아하는 딱딱 복숭아였는데 챙겨오는 걸 깜빡했다. 침대에 누우니 복숭아가 눈에 아른거렸다.

다음 날 인계를 받던 중, L-tube+를 삽입하는 과정에서 환자가 인턴, 담당 간호사, 레지던트, 모두랑 한판 떴다는 얘길 듣고 속상한 마음으로 냉장고에서 복숭아를 꺼내 깎았다. 과일을 잘 못 깎아서 과육이 쥐 파먹은 듯 울퉁불퉁했다. 예쁜 접시가 없어서 아쉬운 대로 아무 접시에 담아 병실로 들어갔다.

+ L-tube: Levin tube. 코로 삽입해서 위에 거치하는 튜브. 가스나 위액
      배출시 삽입한다.

"제가 과일 깎는 솜씨가 영 없어요. 오늘 많이 힘드셨다면서요?"
보호자에게 복숭아를 내밀었다.
"우리 아저씨 저거 처음 해봤는데, 얼마나 놀랐다고⋯⋯."
"아무도 안 겪어봐서 그래요. 미안해요⋯⋯."

보호자랑 나는 보호자 침대에 쭈그려 앉아서 복숭아를 아작
아작 먹었다. 퇴근하고 나서 다시 생각해보니, 어제 복숭아를
두고 온 건 참 잘한 일 같다.

4장

제가
신규간호사였을 때는요……

신규간호사 교육중

일기를 낭독하고 고개를 들었더니
사람들이 울고 있었다.
......
기분이 이상하다.

2019년 8월 24일

'세상이 타락했다. 잡것들이 너나 할 것 없이 책을 버리려고 한다.'

— 키케로

대학교 때 메리놀 병원 수간호사가 '의사소통과 인간관계' 수업에 들어왔다. 60대 초중반 즈음의 나이 지긋한 간호사였는데 내가 수업 중간에 화장실을 다녀왔더니 호통을 쳤다. "본인 생리현상도 조절 못 하면서 어떻게 간호사를 하겠다는 거야!" 어이가 없었다. 생리현상도 참아가면서 일을 해야 하나? 꼰대도 그런 꼰대가 없어 보였다. 갑자기 수업 자체가 쓸모없고 들을 가치도 없게 느껴졌다.

병원에 처음 입사해 혼자서 적게는 18명, 많게는 21명의 환자를 맡아보았다. 넘쳐나는 업무량의 압박에 늘 헉헉거리면서 일했다. 아무 일이 없어도 바쁜데, 아무 일이 없을 리 만무

했다. 그 18명 중에서 두세 명만 컨디션이 안 좋아도 나머지 15명의 환자는 챙기기 힘들어진다.

업무에 치여 중간중간 비상구 계단에서 울다가 다시 들어가 마스크 끼고 일하길 반복했고, 환자가 사람으로 보이지 않았다. 환자가 나한테 말을 걸까 봐 무서웠다. 카트를 집어 던지고 비상구 계단으로 뛰쳐가고 싶었고 퇴근해 밖으로 나가면 도로에 뛰어들고 싶었다. 세수하다 울고 빨래 털다가 울고 밥 먹다가 울었다. 그렇게 힘들었다. 아빠가 새삼 너무 대단해 보였다.

요즘 신규들이 담당하는 환자 수는 8명 남짓이다. 교과서에서만 보던 간호환경이 갖추어지면 환자를 좀 더 잘 볼 수 있을 줄 알았다. 그런데 지금의 신규는 예전에 20명의 환자를 보던 내 모습과 다를 바 없고, 심지어 이 환경이 힘들다고 매달 그만두는 인원이 생겨난다. 내가 꼰대처럼 지적질한다고 기분 나쁘다며 고발한다.

갈수록 속을 알 수 없는 신규들만 입사하는 것 같다. 간호사들이, 키케로가 말하는 '잡것들'로 보이기 시작했다. 그 수간호사는 아직도 내가 잡것으로 보일까. 나는 수년이 지나고 이 어린 간호사들이 잡것으로 보이지 않을 때가 올까. 이 어린 간호사들도 언젠가는 누군가를 잡것으로 생각하게 될까.

키케로가 말하던 책 쓰는 '잡것들'이 결국은 '작가들'인 거지. 서로 싫어하면서 배타적이지만, 결국은 부분의 합이 전체를 구성하는 것이고, 나도 그 사람들도 같은 전체의 일부분인 거지. 받아들여야겠지. 그래도 지금 당장 싫은 건 어쩔 수 없다. 나만 이렇게 생각하는 것 같아서 억울하다. 흥이다!

2019년 9월 4일

9AM

"아파…… 배가 아파…… ."

오늘 처음 보게 된 할머니한테 모르핀을 하나 주었다.
환갑이 넘어 보이는 딸은 소파에 앉아 TV를 보고 있다.

"엄마가 머리가 이상해 그런 거니 진통제 줄 필요 없다."

11AM

할머니가 대변을 미친 듯이 보기 시작했다.
닦아도 닦아도 계속 밀려나왔다.
몸을 깨끗하게 비우려고 일부러 안에서 밀어내듯이.

(늘 그렇진 않지만 사람은 때가 되면 오물을 내보낸다.)

2PM

할매가 손을 뻗어서 나를 붙잡았다.

"내가 힘이 없거든? 링게루⁺ 좀 도."

할매 양손을 붙잡고, 영양제를 가지고 올 테니
기다려달라 했다. 딸이 TV를 보며 코웃음 쳤다.

"손잡아주고 그럴 필요 없대두. 머리가 이상한 거래두."

2:30PM

딸이 나와서 엄마가 숨을 안 쉰다고 말한다.
세상에! 마지막 가는 길에 손잡아준 사람이 나라니.

+ 링게루: 링거액의 일본어.

2019년 9월 8일

블라인드 틈으로 들어오는 빛이 심상치 않았다.

블라인드를 걷었더니 노을이 기가 막히더라.

기가 막힌 노을을 놔두고 전부 누워서 쿨쿨 잠만 잔다.

"할버지, 고개 저쪽으로 돌려서 창문 좀 안 볼래예?"

"낼 아침에 볼꾸마."

캭 퉤. 들끓어 오르는 가래를 뱉고 나를 쳐다보는 너는
무슨 생각을 할까. 왜 뱉고 나서 내 눈을 보는 걸까.
이유가 있는 걸까. 의도가 있는 걸까. 그래서 부러 그러나.

속이 답답해서 뱉는 걸까. 뱉어서 속이 후련해지는 걸까.
아님, 가래를 뱉음으로써 나를 폄하하고 자신을 높이고
싶어 하는 행동일까.

자린고비가 굴비를 천장에 매달아놓고 상상하며
쩝쩝거리듯 너는 상상 속에서 나를 네 발밑에 내려놓고
침을 뱉으며 희열감을 느끼는 걸까. 저 xx는
가래를 땅에다 뱉는 걸까, 나에게 뱉는 걸까.
내게 직접 뱉을 용기가 없으니 나를 똑바로 쳐다보며
땅에다 뱉는 걸까.

저 더러운 덩어리를 모아 뱉어내면 정화되는 느낌이 들까.
아님, 뱉은 덩어리를 쳐다보면서 더러움을 느낄까?
부끄러움을 느낄까?

그런 걸 느끼기는 할까?
근데 너는 뱉은 가래를 쳐다보진 않고 나를 쳐다본다.

나는 왜 이런 생각을 할까?
들끓는 이 생각을 모아 뱉어낼 것처럼.

신규간호사들이 너무 싫었다.
묻는 말에 엉뚱한 대답을 하면 힐책하기 바빴다.
"왜 이것도 몰라! 공부 안 하는 거야?"

신규간호사들이 입사한 지 1년이 되었고
나는 부서이동을 하게 되었다.

어제는 소변줄 삽입시 필요한 물품을 가져오라는 지시에
신규 1이 정말 말도 안 되는 물건을 가져왔고 우리는
모두 경악했다. 경악을 하는 무리 사이에서 신규 1은
죄지은 사람처럼 몸을 쭈그리고 있었다.

나는 경악하는 간호사들 옆에서 말했다.
"조무원, 보조원이 업무 보조를 해주고 응급실에서 거의 모든 처치를 다 하고 오니 모를 수도 있을 것 같아요.
내가 신규 때는 고연차 선생님이 물건 포장을 다 뜯어서
하나하나 짚어주셨어요. 그러니까 알겠더라고요."

왜 이런 생각이 부서이동을 하기 전에는 나지 않았을까.
왜 이전에 나는 그런 말을 해주지 못했을까.

이 병동을 떠나려 하니 마음이 부드러워진 걸까.
1년이 지나서 신규들 업무능력이 향상되었기 때문에
그들에 대한 내 생각도 관대해진 걸까.

이제 와서 사람 좋은 척하고 있다.

신규 1이 늦은 새벽 당직의에게 전화하는 소릴 엿들었다.

"선생님. 김○○ 할머니가 헤마토케지아^{hematochezia}(혈변)를 한 번 '더' 보셨어요."

옆에서 듣고 있던 나는 수화기가 내려지기 무섭게 4호실로 뛰쳐 들어갔다. 김○○ 할머니는 팔다리가 꺾인 채로 거미 같은 요상한 포즈를 하고 있었다. 얼굴부터 발끝까지 굉장히 창백했다. 초점은 없었고 눈동자의 빛은 저 멀리 어딘가로 빠져나가려 하고 있었다.

"할머니?!! ○○ 할머니!!?" 소리치면서 침대를 처치실로 밀고 들어갔다. 할머니가 간신히 고개 돌려 나를 쳐다봤다.

처치실에 침대를 던져놓고, 생리식염수 풀 드롭$^{\text{full drop}}$(급속 주입)시켜놓고, 신규들에게 모니터 부착하라 하고, 다시 뛰어가서 신규가 붙들고 있던 전화기를 빼앗았다. "사이아노시스^{cyanosis}(청색증). 팔다리 쫙 깔렸고 눈동자 다 풀렸어요. CPR(심폐소생술) 칠 것 같아요!! 노멀 살린$^{\text{normal saline}}$(생리식염수) 드로핑^{dropping}(주입)하고 있을게요. 얼른 오세요!!"

보호자가 있는 걸 분명 봤는데 두어 시간 전에 왔던 보호자를 신규 1이 늦은 밤이라고 보내드렸단다. 나는 화가 머리끝까지 나서 신규 1에게 말했다. 1) 응급 환자를 왜 나에게 보고하지 않았느냐. 2) 언제 컨디션 변화가 생길지 모르는 환자는 이벤트가 생겼을 때 의사결정을 빨리 해야 하기 때문에 보호자를 병실에서 주무시도록 해야 한다.

말이 그렇지 사실, 그날 새벽에 나는 핏대 세우고 침 튀겨가며 개지랄을 해대었다. 내가 신규 때 그렇게 하지 못해서, 보호자 없을 때 환자가 비참한 심폐소생술을 받다가 죽도록 했기 때문이다. 그렇게 될까 봐, 내가 또 사람을 죽게 할까 봐 무서웠다. 할머니는 다행히 괜찮아지셔서 퇴원했지만, 그날 돌아올 수 없는 강을 건너려 했던 눈동자를 잊을 수가 없다.

2019년 10월 24일

사무실에 앉아 업무를 보고 퇴근할 때가 되어서
집으로 가는 길, 이전에 일했던 병동을 들렀다.
간호사들이 저녁도 못 먹고 뛰어다니는 와중에도
오랜만에 내 얼굴을 보고 반갑게 맞아주었다.

짧게 대화를 나누고 병원을 나와서 룰루랄라
친구와 고기를 구워 먹는데 괜히 미안했다.
인원이 부족한 상황에서 부서이동을 하며 나온 게
미안했고, 저들은 온몸으로 액팅하는데 나는 앉아서
식곤증이나 느끼는 게 미안했고, 혼자 좋은 식당에서
비싼 고기를 먹는 게 미안했다.

미안함을 느낀 나는 고기 5인분을 처먹었다.

입사한 지 1000일째 되는 간호사들의 설문지를 정리하며 타이핑하고 있었다. 필드에서 뛰어다니며 액팅^{acting}을 하다가 가만히 앉아 컴퓨터만 보려니 일하는 중 식곤증이라는 걸 생전 처음 느꼈다. 꿈속에서 아주 잠깐 내가 유명해지는 꿈을 꾸었다. 기쁘지 않았다.

내가 TV에 나오는 걸 보고 마땅찮아할 사람들이 있을 것 같았다. 순간, 내가 일전에 무슨 잘못을 하진 않았는지 곰곰이 생각해보게 되었다. 그리고 나 자신을 돌아보았다.

나는 말투가 살갑지 않다.
일기만 부드럽고 허세스럽다.
액팅을 할 때는 욕설을 입에 달고 살았다.
나 때문에 상처 입은 사람이 분명 있었다.

어이없다. 지금에 와서? 꿈에서 깨어 다시 열심히 타이핑을 하다 보니 내가 제일 처음 가르쳤던 간호사의 설문지가 나왔다. 세상에! 벌써 1000일이라니.

"직장에서 만난 나의 멘토는?"
1) 관리자
2) 팀차지 또는 윗년차 선생님
3) 동기
4) 그 외

답변: 4) 그 외(프리셉터+ 선생님)

+ 프리셉터: 신규간호사 1:1 교육 담당 간호사(결국 내 자랑).

장기들을 걷어내었다.
내 몸이 빈집이 되었다.

살림살이를 걷어낸 빈집을 실과 바늘로 꼬매어놓고 보니
내 배는 리폼한 헝겊 같았다.

오래된 가구들을 버리고 나면 보통은 어떻게 인테리어를
할까 생각하는데 그럴 필요가 없을 것 같다.

곧 덩어리들로 집이 다시 풍만해질 테니. 풍만하다 못해
실밥을 비집고 나와서 헝겊이 터질 테니.

바람이 창문으로 들어오니 집이 시렵다.

세상의 대부분 현상은 정규분포를 이룬다고 한다.

사람을 상, 중, 하로 나누었을 때

내가 나를 '중간'이라고 분류했을 때

'상'의 사람들은 나와 '하'를 어떻게 바라볼까.

중간인 내가 '하'를 내려다보는 눈초리와 같을까.

'중'과 '하'는 '상'을 어떻게 생각할까.

'그래 너 잘났다'의 자격지심일까.

'우와' 하는 경외심일까.

'상', '중', '하'는 본인의 위치를 알고 있을까.

'하'는 본인이 '하'인 줄 알고 있을까.

이런 생각을 하고 있는 나는 과연 '중'이 맞을까.

왜 스스로를 '중'이라고 분류했을까.

정규분포에 따르면 상, 중, 하는 필수불가결하다.
'하'는 없을 수 없다. '하'가 없어지면 '중'이 '하'가 될 테고
상위층이 '중'이 되며 최상위층이 '상'이 되겠지.
다시 정규분포가 되겠지.

다 쓸데없는 생각이다.
그냥 나 스스로를 격려하는 차원에서 끼적여본 거다.

제출용 사진을 찍으려고 휴무인데 병동에 들러서
근무복으로 갈아입었다.

삼각대를 꺼내는 순간 CPR 직전 상황이 왔다. 나는
얼떨결에 인턴이랑 맥박을 촉지하고 환자 아들에게
전화해서 심폐소생술 포기 동의를 받고 임종 직전에
아들이 전화로 마지막 말을 전하도록 했다.

사진을 못 찍고 푸드코트에 가서 친구랑 밥을 먹는데
혼자 밥 먹던 젊은 남자가 억! 하더니 쓰러져 발작을 했다.

응급실에 전화하고 침대차가 들어올 수 있게 테이블을
옮겼다. 병원 온 지 세 시간 만에 겨우 사진을 찍었다.
역시, 휴무 땐 병원에 발을 들이는 게 아니다.

2019년 11월 15일

젊은 날의 나는 아픈 이들을 위해 쉴 새 없이 움직였다.
수십 명 환자의 눈을 감겨드리고 교회, 성당, 절
구분 없이 가서 고인을 위한 기도를 올렸다.

그런데, 세월이 지나고 몸뚱이가 노쇠해진 내가
여기 이 병상에 누워서 곧 죽을 날을 받아보니 조금
덤덤하면서도 씁쓸하다.

간호사의 시선으로만 바라보던 이 광경, 냄새, 분위기.
절대 낯설지 않은 이 모습이 나를 향하고 있다니,
이런 게 데자뷰일까?

이렇게 내가 죽는 장면을 매일 상상하다가 언젠가
그곳에 누우면 실제로 어떤 기분이 들까?

SNS를 통해 내 일기를 보고 방송국에서 연락이 왔다.
일기를 낭독하는 프로그램이라 했다.

출연 전, 대본으로 허지웅 작가의 병상일기를
미리 보는데 갑자기 내 글이 부끄러웠다.

글솜씨는 둘째치고, 그래서 부끄럽기보다는 아픈 환자를
주제로 쓴 일기인데 내가 무슨 자격으로 적어 내보였을까,
하는 생각이 들었다.

다른 이의 아픔을 내세워 나를 포장하진 않았을까.
건강한 몸뚱이를 가졌다고 하여 남들 앞에서
이야기할 수 있는 대단한 자격증이 생긴 것마냥 떠들었다.

일기를 낭독하고 고개를 들었더니 사람들이 울고 있었다.

……

기분이 이상하다.

오늘, 나는 몇 번 웃었는지 모르겠다.

퇴원하는 환자의 등 뒤에서 박수 치고 호들갑 떨며 웃었고,
내가 고등학생 같다고 이야기하는 환자에게 눈을
찔쭘하게 떠서 여우처럼 웃었고, 며칠 빗질을 하지 못해
번개 맞은 머리가 된 할매를 보고 고개 돌려 낄낄 웃었다.

'어제는 쌍욕해서 미안했다' 말하는 환자에게 거짓으로
웃었고, 본인의 아픈 몸이 간호사를 바쁘게 하는 것 같아서
미안하다는 환자의 손을 잡고 눈을 내리깔며 조용히
웃었고, 올해는 지나가지만 내년에는 아무래도 버티지
못할 것 같다는 항암 할매의 말에 해줄 말이 없어서
그냥 웃었다.

254

웃음은 뇌에서 도파민 분비를 촉진시키고 행복감을
느끼게 한다. 웃음마다 행복을 유발하는 정도에 따라
점수를 매긴다면, 오늘은 플러스 5점 세 번,
마이너스 5점 세 번, 도합 0점이다.

오늘 입이 아플 정도로 그렇게 웃었는데!
퇴근하고 집에 가서 100점짜리 잠을 잘 테다.
행복에 도취되어 잠이 들 테다.
그래서 내일은 웃음 지수 −100만큼 힘든 상황에도 끄떡없게.

가운뎃자리 할매는 남편도, 자식도 없었다.
요양병원에서 함께 온 거대한 쓰레기봉투는 그녀가
무연고자임을 한껏 티냈다. 큰 쓰레기봉투 안에는 할매가
요양병원에서 그동안 사용했던 온갖 물건이 담겨 있었고
그 크기가 어마어마해 아무도 손댈 엄두를 내지 못했다.
할매 곁에는 늘 쓰레기봉투가 놓여 있었다.

쓰레기봉투와 함께 온 할매의 상태가 점점 악화되었다.
그런데, 연락할 자식이 없었다. 할매의 형제자매들도 이미
노쇠하여 병상에 누워 있는 상태였고 할매를 법적으로
책임질 이, 의사결정을 내려줄 이, 할매의 상태에
슬퍼해줄 이, 아무도 없었다.

할매에게 펜을 쥐여주고, 나는 동의서를 쥔다.

내 손도 떨리고, 할매 손도 바들바들 떨리니 종이 위에
놓인 펜이 움직이는 건지 펜 아래에 놓인 종이가
움직이는 건지 알 수 없다.

어떻게 된 영문인지 할매가 지낼 다른 병원이 갑자기
정해진다. 할매는 왔던 그대로 쓰레기봉투를 가지고
병원을 나선다. 그리고 그렇게 옮겨 가는 도중 길에서
임종을 맞는다. 쓰레기봉투와 함께.

할머니는 자신과 고락을 함께했던 쓰레기봉투 안의
물건들과 함께 묻혔을까. 그 물건들을 의미 있는
물건이라고 누가 생각이나 했을까. 알 길이 없다.
쓰레기로 버려졌겠지.

나는 1990년생이다. 그런데 요즘 90년생에 대해 말들이 많다. 회사에서는 『90년생이 온다』를 각 부서에 배치해놓고 읽으라 한다. 특강을 하면서 90년생을 이해하라 한다. 90년생의 특징을 쭉 나열하고 하나하나 짚으며 설명한다. 그러곤 마지막엔 늘 나를 보며 "너도 90년생이었어?"라는 식으로 끝이 난다.

이런 분위기에 90년생은 어떤 생각을 가질까. 강사가 이야기하는 '초개인주의'라서 '누가 강의를 하든지 무슨 얘길 하든지 상관없다'일까. 아님, '별종으로 분류되어 분석되는 게 어처구니없다'일까. 아님, '그래봤자 당신들은 모두 꼰대다'일까?

90년생을 이해하라고는 하면서 '나머지 세대를 이해해봅시다'라는 말은 왜 없을까? 90년생이 나서서 '우리, 다른 세대들도 좀 이해해봅시다.' 해야 하나?

2019년 12월 12일

사탕을 먹으면 녹아내린 설탕이 혈관 내로 흐르고,
혈당이 오르고, 뇌로 간 당분은 기분을 좋게 해준다.

기분이 좋아지려 당분을 과도하게 섭취하면 혈당이
임계치에 도달하고, 정상수치를 벗어난 내부 환경의
문란함을 정상치로 되돌리기 위해 인슐린이 분비된다.

급격한 인슐린 분비는 혈당의 급격한 저하를 초래한다.
손이 떨리고, 땀이 나고, 불안하다. 롤러코스터를 타듯
기분이 머리끝까지 좋아졌다가 바닥끝까지 가라앉는다.

2019년 12월 18일

병원에서 명단을 관리하고 있다.

그분의 차트를 일반병동에서 호스피스 병동으로 옮기고,
일주일 뒤 명단에서 이름을 삭제하고 부서 사람들과 같이
얼굴 한번 본 적 없는 그분의 장례식장에 갔다.
전혀 모르는 분이었기에 장례식장 가는 길이 슬프지 않았다.

목례를 하고 고개를 들었는데, 하얀 국화 더미
가운데에서 웃고 있는 사진과 눈이 마주쳤다.

평평한 제단 속에 원근법이라도 있는 걸까. 거대한
꽃더미에서 시작해 사진 속 눈동자가 소실점이 되어
사진 속으로 빨려 들어가는 기분이었다.

제단에 놓인 수많은 꽃송이들이
영정사진을 밝히고 있었다.

사진 속 그분이 나를 아는 듯 쳐다보는 것 같았다.

2019년 12월 22일

요즘은 말하지 않고도, 얼굴 마주치지 않고도 모든 걸
할 수 있다. 전화할 필요 없이 휴대폰 어플로 음식을
주문하고 카페에선 사이렌 오더를 이용하거나
먹고 싶은 메뉴를 QR코드로 찍기만 하면 된다.

시장에 가서 아줌마랑 흥정할 필요 없이 인터넷으로
최저가를 조회해 주문하고 상품이 마음에 들지 않을 땐
클릭 한 번으로 게시판에 악플을 올려버리면 그만이다.
침대에 누워 휴대폰 화면을 훑으면 세상 사람들이
어떻게 사는지 한눈에 볼 수 있다.

참 편하고 쉽다.

이러다 눈 마주치며 말하는 방법을 잊고

어떤 표정이 무엇을 의미하는지 알지 못하고
무엇이 예의이고 에티켓인지 구분을 못 하거나
그 정의를 바꾸어야 할 때가 올 것 같다.

'상대방에게 존경을 표하는'이 '나만 존중받으면 되는'으로
바뀌어가는 듯하다.

오늘 얼마나 속상하고 서운했는지에 대해
환자가 보호자에게 분을 토해내고 있었다.
"아니! 어떻게 나한테 그렇게 말할 수 있지?"

면회 온 친척이 배려 없이 말을 내뱉었다는 것이다.
보호자는 옆에서 고개를 끄덕이며 맞장구를 친다.
"그래…… 뚫린 입이라고 사람이
그런 말을 해선 안 되지. 그럼그럼."

환자는 그 정도 리액션으로 부족했는지,
이미 어떤 반응도 성에 안 찰 듯이
속상한 심사를 계속 늘어놓았다.
이야기가 길어지자 부산 출신인 내가 대화에 가세했다.

264

"환자분, 그런 말 하는 사람한테는 '입'이라고 할
필요가 없어요. 적당한 말로 '아.가.리.' 아님, '아.구.지.'
어떠세요? 고마, 아구지 한 대 치시지 그러셨어요."

"우하하하하하."

요즘 나의 기억 조작 능력이 엄청나다.

4만 원대로 안내받았는데 휴대폰 요금이 6만 원 나왔다.
너무 많이 나와서 하루 종일 열 받아 있었다.

안내받았던 가맹점 직원에게 폭격을 가할까 말까
휴대폰을 들었다 놨다 고민하다가 결국 속으로 삭이고
계속 꽁해 있었다.

하지도 않을 거면서 소비자고발원에 신고할 목적으로
친구들과 나누었던 문자 내용을 뒤졌다.
'이전 폰 요금은 8만 원대였는데 이번에 바꾼 폰은
6만 원 선이야!'

세상에…… 있지도 않았던 일로 나는 애먼 직원을
잡을 뻔했다. 늙어서 치매가 걸려 이런 일이 반복되고
말도 안 되는 고집을 부리면 주위 사람들이 힘들어지겠다는
나의 침울한 말에 돌아온 답은 이랬다.

"그게 치매의 맛이지!"

차를 타고 해안가를 달리는데 바다를 바라보는
전망 좋은 위치에 무덤 2구가 있었다.
누가 관리라도 하는 듯 참 예쁜 반구半球였다.

"우리 엄마가 돌아가시면 나는 애정을 가지고 잡초를
쳐주겠지? 그런데 내가 나이 들어 죽을 날이 가까워질 때
저런 무덤을 보고 '내가 죽으면 우리 엄마 무덤엔 누가
와주나……' 이런 생각이 든다면, 슬플 것 같아."

'관리는 되고 있나, 애정을 받나, 누가 다녀갈까'
죽어 땅속에서까지 이런 생각을 해야 하는 걸까.

장례식장에 갔는데, 돌아가신 분의 따님이 그랬다.
"저는 납골당으로 가려고요. 저를 관리해달라고
자식들에게 강요하는 건 짐을 지우는 일 같아요."

작년 여름, 알코올 중독자 남편에게 간을 내어주겠다는 아줌마를 도저히 이해할 수 없었다. 장기 이식 심사를 거치고 공여자 검사를 마친 설레는 밤. 한 시간여 동안 심폐소생술을 하고 알코올 중독자 남편이 죽은 날 밤. 아줌마가 간을 내놓지 않아서 다행이라고 무심코 여겼던 그 밤에 아줌마는 슬피 울었다.

너무 슬퍼서 짐을 가져갈 마음의 여유가 없다 했다. 필요한 것만 가져갈 테니 나머지는 모두 버려달라 했다. 아줌마가 가고, 짐 정리를 하는 도중 천 원 한 장과 십 원짜리 동전 세 알이 나왔다. 1,030원을 주려고 아줌마에게 전화하기도 애매하고 또 그걸 버리기는 싫어서 작은 지퍼백에 담아 몇 달을 가방에 넣어 다녔다.

외출할 때 꼭 1,030원을 동행시켰다. 땅에 묻을까, 버릴까, 사탕 살까, 누구 줘버릴까…… 가지고 다니던 내내 몇 푼 안 되는 이 돈을 어떻게 해야 하나 고민했다. 겉으론 '이까짓 돈'이라고 했어도 함부로 처분하긴 싫었다. 그렇다고 가지고 다니면 꿈에 나올까 무서웠다. 생전 쳐다보지도 않다가 꼭 마음 먹으면 그놈의 자선함은 보이지 않는다. 따뜻한 봄여름에 그게 있을 리 있나.

결국 몇 달 품고 지내다가 캐나다 학회에서 돌아오는 공항 내 기부함에 털어 넣었다. 잠시 본 걸로 환자 인생을 쓰레기라고 여겼던 나에게 속죄하는 마음으로. 내가 감히 혐오했던 환자 앞에서 눈물 흘린 아줌마에게 용서를 구하는 마음으로.

95살 맹인 할아버지가 소리를 질렀다. "황도!! 황도!!"

냉장고에서 며느리가 놔두고 간 황도를 꺼내
숟가락으로 잘근잘근 썰어 숟가락을 입술 근처에
가져다 대면 할아버지가 아기새처럼 입을 척하고 벌린다.

황도 썰기 30분째. '그래! 이만하면 되었어!
누가 이렇게까지 해주겠어! 음, 잘했어, 한경미!'
수건으로 입 닦고 마무리하려 했더니 할아버지가
고개를 세차게 흔들고 침 튀기면서…… "황도!! 황도!!"

……아이고매……

그러고는 간식으로 절인 과일을 산다.

환자들은 격리실 앞에 배치되어 있는 물품 바구니를 뒤지며 격리 마스크를 가져간다. 곧 침대에 하나씩 배치된 손 소독제도 뜯어갈 판이다. 면회객들은 방문객 기록지를 작성해달라는 병원 직원의 요청에 "급해 죽겠는데 무슨 얼어죽을 놈의 기록!" 화내면서 실랑이를 하고 있다.

"여기는 마스크 없소? 마스크 하나 주소! 손 소독제도 있음 더 좋고!" 아무 사무실이나 문을 벌컥 열고 물건 내놓으라 한다.

타 병원에서 "환자가 여행력이 있다"는 말은 쏙 빼놓은 채 환자를 냅다 앰뷸런스로 밀고 들어왔다. 기도삽관하고 심폐소생술을 하고 뒤늦게 환자 파악을 하다 보니 최근 여행력이 있으며 호흡기 증상을 호소했단다. 환자를 만졌던 모든 의료진은 격리에 들어가야 하나 또 긴급회의가 시작되고……

병원에서는 직원들의 여행력과 여행 계획을 파악하고 발열이나 호흡기 증상이 있는지 검사했다. 누구는 "여행을 가는지 어쩌는지 왜 개인정보까지 알려줘야 하느냐" 불만을 호소하고, 또 누구는 "왜 직원의 해외여행을 막지 않느냐!"라며 익명 게시판에 글을 올린다. 댓글로 서로 싸우고 있다.

"제가 모르는 아저씨를 만났거든요? 코로나 검사해주세요."
"제가 외국인이라고 회사에서 출입을 막았거든요?
코로나 검사해주세요."
코로나 확진 검사를 위해 격리실 들어가면서 셀피를 찰칵
남기는 여자. 낮에 갈까 말까 고민만 하다 대처가 어려운
새벽 두 시에 찾아오는 유증상자.
'격리 가운을 입더라도 난 이송 못 한다.'
환자이송을 거부한 운전기사……

매점에 물품을 넣어야 한다며 들어온 남자에게
방문객 기록 작성을 요청했더니 대뜸 하는 말,
"아 씨! 이거 하나 납품하는데 무슨 기록이야!"
"아~씨~ 하지 말고 적으세요~
오줌싸러 화장실 가도 적으셔야 해요~"

그 남자가 코너 도는 걸 확인 후 나도 모르게 욕을 했다.

"XXX"

마스크 끼고 했으니 안 들렸겠지?

울산에 코로나 격리병원+이 생긴단다.

지원자를 받으면 왠지 나는 손 들고 갈 것 같았다.
백의의 천사라서가 아니라,
투철한 사명감이 있어서가 아니라,
나는 울산에 가족도 없는 젊은 싱글이니까.
가지 않을 핑계를 댈 수 없는 간호사이니까.

그 와중에 엄마한테 연락이 왔다.
"아빠가 마스크도 없이 부산 시내 오만 데 돌아다니며
술 마신다. 아빠 좀 어떻게 해봐!"
화장실 가서 문 닫고 혼자가 되니, 눈물이 핑 돌았다.

+ 코로나병원: 경증 코로나 환자만 모아서 치료하는 병원.

퇴근하려는데 누가 나보고 휴일에 뭐 할 거냐고 물어본다.
"집에 있을 거예요. 울산 안 벗어나려고요."
그냥 안부를 물어본 건데, 심성이 꼬였는지 괜히 서글펐다.

왜 나는 간호사이고, 차출되지 못할 방패거리가 없는 건지.
도대체 왜 나를 시험에 들게 하는 건지…… 코로나 사태 초반,
"선별진료소에 일하러 갈래요. 격리병상에 헬퍼라도 갈래요."
라고 말하던 열정은 어디로 불타 사라져버렸는지.
집으로 가면서 천박하고 더러운 쓰레기 같은 생각을 했다.
구정물 같은 이 추잡한 생각이 내 진심이었던 걸까.
생각이 너무 더러워서 누구에게도 말할 수 없었다.

결국 병원에선 지원자를 받지 않았다. 나는 시험에 들었고,
내 양심을 지키지 못했고, 유혹에 빠져 실패해버렸다.

보호자 한 분만 들어오세요!
오신 분들은 명부 작성하세요!
진료 예약증 확인하겠습니다!
오늘 내과는 폐쇄입니다! 돌아가세요!

"이 더러운 펜으로 이름 쓰란 말이야?!"
"어딜 만져? 더러운 손으로 만지지 마!"
"뭐? 진료가 안 돼? 확 침 뱉어버릴라!"

2020년 3월 25일

내가 지금 하고 있는 '코로나 관련' 일.

- 마스크(덴탈 마스크, N95)와 손 소독제 배부 및 수량 정리
- 기부물품 배달
- 기부물품 및 물품 소진 후 생기는 쓰레기 분리수거
- 입구에서 내원객이 작성해야 하는 문진표 1500장 출력
   & 반으로 자르기
- 각 부서마다 마스크 잘 쓰는지 마스크 모니터링하기
- 코로나 관련 환자가 입원하면 입원키트(물, 샴푸, 린스,
   치약, 칫솔, 손 소독제, 각티슈……) 지급하기
- 택배 출입 금지: 우체국에 내려가서 택배 받고 부서별로
   정리해서 전달하기
- 국가격리병상 가서 방호복 입고 청소하기
- 입구에서 내원객 관리

2020년 3월 26일

"우리 부서는 인원이 많은데 마스크 좀 더 주면……."

"지금 손 소독제가 없어서 환자한테 옆 병실 가서 좀
쓰라고 얘기하고 있는데……."

"입구에 문진표 소진되었어요. 문진표 가지고 와주세요."

"○○학교입니다. 실습 언제부터 받아주실 수 있나요?"

"○○○학교입니다. 코로나 때문에 고생이시지요?
우리 학생들 실습 언제부터 받아주실 수 있나요?"

"우리 아빠가 죽어간다는데! 왜! 면회는 한 명만 된다는
거예요!! 본인은 부모 없어요? 말도 안 되는 소리 하지 마세요!!"

(출입증 없느냐는 질문에)

"우리 아빠 호!스!피!스! 병동에 있거든요?!"

(갓 돌 지난 아기를 안고)

"우리 아빠가 이 아기 꼭 봐야 해요. 전 면회하러 들어갈 거예요."

(진료증 확인하겠다는 말에)

"내가 그럼 병원에 진료 보러 왔지 놀러 왔겠냐?"

일기를 누가 볼까 봐 적었다가 지웠다가

적었다가 지웠다가…….

신규간호사 시절,
맞은편에서 걸어오는 사람들이 무서웠다.
맞은편에서 걸어오는 사람들은 모두가
나를 향해 오는 것 같았다.
눈을 마주치면 나에게 무얼 물어볼까,
무얼 요구할까, 무얼 비난할까, 무서워서
고개를 들고 다닐 수 없었다.
심지어 밖에서도.

선배 간호사에게 그 이야기를 했더니 하는 말,
"야, 한경미, 간호복 벗고 사복 입잖아?
병원 복도에서 똥을 싸도 된다."

환자가 서서 변을 봤다. 환자의 뒤를 닦고 변이 흘러내린
엉덩이와 다리를 닦고 기저귀를 갈았다.

한때, 그랬을 때, 옆자리 보호자로부터 종종
이런 질문을 받곤 했다.
"간호사가 이런 것도 하셔야 해요?"

'이런 것도 해야 하나'라는 생각이 들게끔 하는 일은
누구나 하기 싫어하는 일이다. '이런 것도 해야 하나'
라는 생각을 하면 그 일은 아무도 안 하게 된다.
'이런 것도 해야 하나'의 '이런 것'에는 책상에서
타닥타닥 컴퓨터 두드리며 머리로 생각해야 하는, 좀
있어 보이는 일보다는 일차원적이고 기본적이고
원시적이고 자괴감이 드는 일들이 많다.

"제가 안 하면 이 똥은 누가 치워요. 똥 묻은 몸을
그대로 놔둘 수 있나요, 제가 닦아야죠. 흐흐."

'내가 안 하면 누가 하나. 나니까 하지!'
속으로 주문을 외치면서 일했더랬다.

오늘 저녁을 만들다가 별안간 주체할 수 없는 울화에
달궈진 프라이팬을 집어 던졌다. 고기와 소스가 온간데
날아갔다. 바닥에 잠시 쭈그려 앉았다가 고기를 새로
꺼내서 구워 먹었다.

고작 지금 하는 일 따위에 프라이팬을 내던지다니.
누가 보면 코로나 환자를 직접 보는 간호사라 생각하겠네.

신규 교육 때 '배액관 간호'를 맡아서 강의했다. 어떤 예시를 들까 하다 7~8년 전 18호실 첫 번째 자리 환자가 생각났다.

"암입니다." 환자는 놀라 그 자리에서 얼어버렸다. 이후 간호사가 병실로 들어갔더니 환자가 자리에 없었다. 화장실에 갔나 보다 했다. 그런데 한 시간, 두 시간, 세 시간이 지나도 환자가 보이질 않자 간호사는 초조해졌다. 전화도 받질 않는다. 간호사는 경찰에 신고했다. 부산행 버스를 타려 했던 환자를 경찰과 가족이 함께 모시고 병원으로 향했다. 돌아온 환자는 가족의 설득에 다음 날 수술을 받았다.

우리는 모두 다행이라고 생각했다. 간호사는 작성해둔 경위서를 제출하지 않아도 되었고, 가족들은 편히 잠을 잘 수 있었다.

수술하고 며칠 후, 뭐가 잘못되었는지 튜브를 하나 더 꽂는다. 몇 주 내내 금식하다가 드디어 식사를 하게 된 첫날, 첫술로 넘긴 동치미 국물의 김치 조각이 그대로 피그테일$^{pig\ tail}$ **+**로 튀어나왔다. 재수술을 했다. 몇 달 동안 중환자실 들락날락하기를 반복했다. 환자는 노란 단무지가 되어서 혈관주사를 꽂은 자리에 샛노란 물이 줄줄 흘러나왔다. CT를 찍었는데 다시 중환자실을 가야 한단다. 세 번째 중환자실을 내려가는 날, 동료 간호사와 같이 침대를 끌고 가는데 환자가 간호사의 팔을 붙잡았다. "나…… 가기 싫어……."

치료 잘 받으셔야 곧 볼 수 있다는 간호사의 대답을 들은 환자는 중환자실에서 살아나오지 못했다.

+ pig tail: 농양 등을 배액하기 위한 목적으로 꽂는 배액관의 일종.

동치미 국물 한입이 마지막이었을 줄이야. 병원에 억지로 끌려오다시피 해서는 두어 달 동안 먹은 게 고작 그 동치미 국물 한입일 줄이야. 그냥 그때 경찰의 전화를 받지 않았더라면…… 부산역에 내려서 맛있는 음식이라도 실컷 먹었을 텐데. 간호사가 처벌을 받든 가족이 죄책감을 느끼든 말든 그대로 돌아오지 말았어야 했던가. 환자분 가시는 길에 그런 생각을 하진 않았을까.

이야기가 너무 길어서 배액관 강의 때 예시로 들지 못했다.

2020년 4월 10일

사회적 거리두기……

4일간의 신규간호사 교육이 끝났다.
마스크 끼고 몇 시간 내내 이야기하느라 숨이 찰 지경이다.

교육이 혹여 문제는 되지 않을까,
오전 오후 발열 체크를 하고,
한 사람마다 3~4칸씩 띄워 앉히고,
쉬는 시간에 모여 있으려 하면 끼어들어서 훼방을 놓았다.

서로 붙어 있지 못하도록 그렇게 4일 내내 괴롭혔다.

교육 종료 후 인사를 하는데 신규간호사가 나를 안아버렸다.
"선생님! 우리 또 보아요!"

아프다고 말해도 괜찮아요
'천삼이' 간호사의 병동 일기

초판 1쇄 발행 · 2020년 5월 20일

지은이 · 한경미
펴낸이 · 김요안
그 림 · 송아람
편 집 · 강희진
디자인 · 박정민

펴낸곳 · 북레시피
주소 · 서울시 마포구 신수로 59-1
전화 · 02-716-1228
팩스 · 02-6442-9684
이메일 · bookrecipe2015@naver.com | esop98@hanmail.net
홈페이지 · www.bookrecipe.co.kr | https://bookrecipe.modoo.at
등록 · 2015년 4월 24일(제2015-000141호)
창립 · 2015년 9월 9일

종이 · 화인페이퍼 | 인쇄 · 삼신문화사 | 후가공 · 금성LSM | 제본 · 대홍제책

ISBN 979-11-90489-11-9 (03810)

• 이 도서의 국립중앙도서관 출판예정도서목록(CIP)은 서지정보유통지원시스템
홈페이지(http://seoji.nl.go.kr)와 국가자료공동목록시스템(http://www.nl.go.kr/kolisnet)에서
이용하실 수 있습니다. (CIP제어번호: CIP2020017910)